# Os caminhantes de Santa Luzia

# RICARDO RAMOS

# Os caminhantes de Santa Luzia

Copyright © 2013 herdeiros de Ricardo Ramos

Todos os direitos reservados. Nenhuma parte desta edição pode ser utilizada ou reproduzida – em qualquer meio ou forma, seja mecânico ou eletrônico, fotocópia, gravação etc. – nem apropriada ou estocada em sistema de banco de dados sem a expressa autorização da editora.

Texto fixado conforme as regras do novo Acordo Ortográfico da Língua Portuguesa (Decreto Legislativo nº 54, de 1995).

Editor responsável: Ana Lima Cecilio
Editores assistentes: Erika Nogueira Vieira e Juliana de Araújo Rodrigues
Digitalização de texto: B. D. Miranda
Diagramação: Jussara Fino
Capa: Estúdio Bogari
Foto de capa: *Imagens fiéis*, de José Bassit. São Paulo: Cosac Naify, 2003.

---

CIP-BRASIL. CATALOGAÇÃO NA PUBLICAÇÃO
SINDICATO NACIONAL DOS EDITORES DE LIVROS, RJ

R146c
Ramos, Ricardo, 1929-1992
    Os caminhantes de Santa Luzia/Ricardo Ramos
3. ed. – São Paulo: Globo, 2013.
    192 p.; 21 cm.

ISBN 978-85-250-5499-9

1. Ficção brasileira. I. Título.

13-04778                    CDD: 869.93
                            CDU: 821.134.3(81)-3

---

1ª edição, Difusão Europeia do Livro, 1959
2ª edição, Martins Editora, 1984
3ª edição, Editora Globo, 2013

Direitos de edição em língua portuguesa para o Brasil adquiridos por Editora Globo S.A.
Av. Jaguaré, 1485
São Paulo-SP 05346-902
www.globolivros.com.br

# SUMÁRIO

Apresentação..................................... 7
Os caminhantes de Santa Luzia......................15
Bibliografia.....................................172
Cronologia ......................................181

# NOVELA TIRADA DE DUAS NOTÍCIAS DE JORNAL
Erwin Torralbo Gimenez

> "A literatura comunica uma experiência, um sentimento, uma visão das coisas, dos seres e do mundo, buscando sempre uma expressão de beleza. Esse o seu conteúdo, marcado por uma inflexão de humano. Mas tanto quanto o sentido a define, literatura é também uma estética, e dela não podem estar dissociados os valores formais de linguagem e de construção. Tendo esses dois aspectos em mente, nunca tomados em separado ou superpostos, literatura é mais que tudo inovação. Um tema original, numa feição imprevista porque até então não explorada. Assim é a verdadeira literatura: pessoal, ainda que aportando à emoção dos leitores; nova, pois vê o presente voltada para o futuro, procurando no seu tempo a matéria de permanência."
>
> (Ricardo Ramos – *As fúrias invisíveis*)

O escritor Ricardo Ramos se tornou célebre no ofício do conto, forma breve e desconcertante que ele manejou como poucos. Mas um artista da palavra sempre imprime os seus sinais em cada página que escreva; e reler agora a novela *Os caminhantes de Santa Luzia* (1959), terceiro livro do autor, nos demonstra como o estilo surge inteiro nos voos curtos ou longos. Observador sensível, Ricardo sabe extrair dos acontecimentos o encanto que ainda não se evaporou completamente, pois em tudo descobre *uma inflexão de humano*. Essa matéria fugidia retoma assim, no apuro da linguagem, a sua essência, comunicando ao leitor um estado lírico – área de segredo que só a verdadeira arte pode sugerir.

A crítica não deixou de perceber, em diversas épocas, o traçado complexo do narrador, cuja técnica conjuga a esfera externa e a interna em busca de dramas morais. Uma visão aberta aos contornos do espaço e logo cerrada na interioridade dos seres. Já nos enredos de *Tempo de espera* (1954), Adonias Filho apontou os fluxos "do mais fechado intimismo à mais ampla extroversão, da análise dos sentimentos humanos ao reconhecimento dos problemas sociais";[1] sobre *Terno de reis* (1957), Jacó Guinsburg chegou a ponderar: "a tomada principal ainda cabe ao homem, como personagem, tramando-se a partir de sua perspectiva o contraponto entre o momento psicológico e social".[2] E, para fazer um salto no tempo, Hélio Pólvora considerou, ao resenhar *Matar um homem* (1970), haver nesse arranjo o encontro de dois planos: "a impressão que resulta da realidade aparente, imediata, e a expressão resultante do toque humano. Temos um escritor capaz de pintar com palavras".[3] Outras citações apenas confirmariam o problema. Tal invenção forja, portanto, a difícil travessia dos objetos ao sujeito e atinge com isso, independente do cenário (rústico ou urbano), o cerne dramático dos eventos. Frase a frase, insinua-se a força de uma voz que se quer ausente para melhor escutar a poesia das coisas.

Se voltamos os olhos a *Os caminhantes de Santa Luiza*, deparamos as mesmas linhas de estrutura, dispostas de maneira a recriar as imagens do messianismo sertanejo no final dos anos 1950. Nesse sentido, o depoimento do autor, quando publicou a obra, revela muito a respeito de sua gênese:

---

1. Adonias Filho. *Modernos ficcionistas brasileiros*. Rio de Janeiro: Edições O Cruzeiro, 1958.
2. Guinsburg, J. *Motivos*. São Paulo: Conselho Estadual de Cultura, 1964.
3. Pólvora, Hélio. *A força da ficção*. Rio de Janeiro, Editora Vozes, 1971.

Há cerca de três anos, li em jornal a história de uma santa de romeiros, uma pobre ambulante de Deus. Pouco depois, ainda pensando na iluminada, via uma reportagem sobre um beato morto em comício, envolvido que fora pelas tramas da política, na sua feição mais interiorana. A primeira era uma visionária, moça e primitiva; o segundo um homem de ação, à velha maneira profética. Durante algum tempo, as duas figuras me preocuparam, com tudo o que encerravam de beleza plástica e dramática, de movimento romanesco. Havia nelas vários elementos de atualização, a diferençá-las dos santos sertanejos da década de 1930, a prendê-las numa paisagem bem de agora, no entanto agreste e violenta. Foi então que as duas personagens reais se baralharam, confundiram-se numa só, diferente das que a tinha originado. Talvez uma criatura enriquecida, talvez uma pura mescla. O fato é que essa resultante foi amadurecendo, sedimentou-se, ganhou corpo e nome. Chamou-se Luzia, e andou comigo assim nomeada, por um largo período, até que surgissem os seus acompanhantes e o todo se caracterizasse. Delineada a narrativa, estendidas as suas teias pelas figuras dos caminheiros, solucionados os problemas de arquitetura que a intuição me sugeria, fiquei à espera de tempo e vagar para o alinhavo da possível novela. Um, dois anos. Chegaram umas férias providenciais. E as minhas sombras se resolveram nesse livro, *Os caminhantes de Santa Luzia*.

A princípio, duas figuras opacas, mal esboçadas em notícias de jornal, se inculcaram na ideia do literato, curioso por sondar o fundo dos caracteres que tinham em comum o arremesso da fé, embora tão opostos: uma peregrina diáfana e um beato vigoroso. Entre os dois místicos, além das diferenças de índole, havia um elemento de atualidade, o rasteiro da política a segurar a rede de transcendência no chão dos interesses. A jovem luzidia vagava nos ares, mas o profeta se enganava com os homens e sucumbia; de ambos os lados, a redenção fanática não oferecia perigo à ordem. Antes, na prosa nordestina de 1930, os romeiros inspiravam terror ao governo, amotinando fiéis, e eram aniquilados; agora, abrandava-se a rebeldia sem sumirem da paisagem o violento e o agreste. Atida às pontas sociais e afetivas do tema, a imaginação opera sobre os materiais um adensamento simbólico, trespassa-os e funde-os num único ente, a pregadora Luzia, alumiada e pedestre, em cuja sina se cruzam os raios do alto e do baixo. É assim que Ricardo Ramos *desentranha* (para lembrar o verbo de Manuel Bandeira) o signo poético oculto nas notas de jornal.

Após a fusão do *plástico* e do *dramático*, restava estender os fios do símbolo pelas demais personagens e entrechos a fim de dar movimento à intriga. Acompanhada dos protetores Valério e Benvindo, a santa palmilhava o sertão fazia três anos, de povoado em povoado, semeando a promessa de uma terra sem males, Bom Jesus da Lapa, para onde ela rumava. No entanto, ninguém a seguia. Perto já de cumprir o roteiro, deteve-se em Santa Luzia, e ali se viu enlear inocente nas rodas da eleição provinciana: coronéis disputam a prefeitura, um deles aproveita o comício adversário e manda matar a pobre no meio do rebuliço, inculpando o rival. A cidade se alvoroça, porém rápido se abafa o crime segundo a prática local, e Luzia resvala no esquecimento como mártir sem glória.

Na arquitetura da novela, desdobram-se, logo, as antíteses que primeiro se reuniram na protagonista. A aura mística se esgarça à medida que emergem os cordões da crônica social. O ambiente de Santa Luzia – cidade "velha e avançada", próxima à capital – reflete, como faixa de intersecção, as ambiguidades de nossa cultura, entre atraso e progresso, interior e litoral, ora captadas em fase posterior aos acirramentos de 1930, quando se acusaram os impasses. Se a romeira não mais cativa asseclas, nem por isso o poder a ignora ao tramar a cena pública. Exemplo de uma transição que nunca se conclui, a região articula os contrastes e tudo acomoda no balanço das tenuidades, conservando-se. O nome do município, aliás, denota o velame piedoso sob o qual se esconde a má-fé – e lá, ironicamente, Luzia não alcançou santidade.

Esse desenho geral pouco fala, porém, do talento inventivo que conduz a narração. Dono de uma escrita cortante, o autor examina, em quinze capítulos, gama variada de tipos e situações, atmosferas e pesares, com a sutileza de quem sustenta o feixe trágico sem derramamentos. Nas teias da história, a lente do narrador apanha criaturas avulsas, persegue as inquietudes e pesquisa os recessos de cada uma – estaria aí a veia do contista? O que confere unidade ao enredo, fazendo vibrar o ritmo na cadeia dos conflitos, é o sentimento de abandono colhido nas almas; em todas, pulsa uma paixão latente, uma melancolia que as enlaça no drama maior.

Em Santa Luzia, há muitos caminhantes da solidão. Um menino costuma refugiar-se no quintal, meio às cores da aurora sobre as plantas, e certa manhã surpreende no poço vizinho a mulher branca que se lava nua e tem chagas nas coxas, visão sublime, misto de carne e espírito, a lhe infundir a epifania de uma "beleza total". O bodegueiro Audálio anda atrás de peixe para a venda, vai triste pensando na rezadeira, súbito assusta-se com a doida Rosinha, cheia de latas penduradas, que o encara séria e depois solta risos, leva-o a pressentir "um agouro infeliz", enquanto ao longe aquele menino devaneia. Benvindo percorre, em noite escura, os arrabaldes e recorda suas antigas viagens como mascate, antes de se juntar a Luzia e viver preocupado. Valério segue o cortejo que sua esposa lidera, mas nada ouve, absorto só espera o fim de mais um dia, desgostoso de se haver afastado da rotina pacata, até que se arma o fuzuê e os tiros reboam. O juiz Henrique trafega as ruas desertas, satisfeito com a noiva rica e os conchavos, finalmente ajustado à comarca medíocre, todavia o sono demora a vir ante a imagem da santa morta. O capanga Vitalino campeia os matos de seu exílio, precisa cansar o corpo e apagar os remorsos; um telhado de igreja se ergue na picada, o vulto da beata que ele assassinou ronda as brumas do pesadelo, o negro acorda envolto em suores e gritos. Com efeito, todos perambulam solitários, remoendo ternuras ou vilezas, mergulhados no labirinto sem saída das pequenas tragédias.[4] "Quando um cego guia um outro cego, os dois caem no buraco", eis um dos oráculos de Luzia, no qual não seria demais distinguir a epígrafe desse mundo.

Finíssimo leitor, José Paulo Paes assinalou nas ficções de *O sobrevivente* (1984) a mesma consciência criadora a restaurar-se "polimorficamente para mostrar-se ora irônica, ora lírica, ora patética, ora alegórica, o modo de narrar acompanhando de perto tal polimorfia com a variedade de seus registros".[5] A ciranda de tonalidades, que o crítico contempla girar em torno de um só eixo, vinha amadurecendo fazia tempo – talvez a novela de 1959 seja o

---

4. Em recente prefácio a *Circuito fechado* (Biblioteca Azul, 2012), volume de contos que Ricardo Ramos publicou em 1972, Alcides Villaça sublinha o caráter dramático das situações, responsável por enfeixar as histórias sob o signo da "divisão do ser e da aspiração frustrada de unidade": "Tudo é dramático, e tanto mais quanto desacompanhado de ênfase: o pano de fundo dessas pessoas e dessas formas partidas é um surdo desejo, quase uma pergunta pela totalidade que se dividiu na profusão dos detalhes, recolhidos a partir de uma perspectiva de narração aparentemente impessoal."
5. Paes, José Paulo. *A aventura literária*. São Paulo: Companhia das Letras, 2001.

marco dessa experiência. Irônico é o deslizamento narrativo rumo aos bastidores da política, avessa a qualquer metafísica: o capítulo 14 estampa a clara manhã de domingo e nela os homens discutem as eleições, indiferentes ao episódio da religiosa ("O sino rompeu forte, espantando uns urubus, dando a primeira chamada para a missa."). Lírico é o olhar ingênuo do menino, nos passos de sua aprendizagem, a espiar a natureza e as pessoas com a "mirada fixa, de quem está conhecendo, reconhecendo, procurando lembrar-se". Patético é o monólogo lancinado de Valério, entre as grades da prisão, a clamar pela amada que o destino lhe arrancou: "Cambão de boi, cambau de ovelha, vida cambembe, tudo de cambulhada. Me tiraram você. Foi o pior do cruel, o perverso, o malefício detestado. E mais que havera de maginar, Luzia, esse povo não encontrava tanto fel, tanta desdita pra me dar". Alegórica é a morte de Luzia, caída ao lado de uma cruz e de um cepo, dois símiles complementares do seu calvário (o mistério e a infecundidade), que se redobram nas nódoas de sangue: "Então vê manchas no vestido branco. Escuras, miúdas, são encarnadas e escuras. Toca as novas chagas de Luzia, mornas". Os registros circulam assim no texto graças ao engenho do artífice, capaz de alterná-los porque sabe costurar em surdina os fragmentos do trágico.

O prenúncio funesto está gravado no parágrafo de abertura:

Uma sombra caiu na estrada, flutuou, sumiu-se. A camioneta avançou pelo chão de terra escura. Atrás ficara a poeira vermelha, o céu luminoso, a reta sem fim, dura e gretada. Outra sombra deixou a folhagem, cresceu nublando o caminho. E de repente, num arrepio agourado, sentiram todos a descida sinuosa entre as árvores.

Admirável uso da linguagem, o trecho condensa em sua figuração os movimentos no espaço e no tempo. De início, uma sombra fraca embaça a tela e evola-se; pouco a pouco, o matiz nuvioso vai crescendo, em razão do contraste: a terra de cor carregada deixa para trás o vermelho e o azul, a linha reta do solo agreste; novamente, o sombrio se espalha, agora mais denso, obscurece a via; em abrupto, a queda sinuosa contagia o ânimo dos passageiros, num pasmo de azar. Nesse percurso incisivo, o autor concentra os fios do relato, pois aí se projetam os ambientes e os desvios que adiante irão compor a peripécia. A mudança brusca de paisagem e a quebra de altura, além da atmosfera nevoenta, são o presságio do que será a fortuna de Luzia. Conforme o carro entra na cidade, o motorista observa o quão feio é o lugar, e a peregrina adverte serena: "– Todas as paragens são de Deus"; em seguida, ela ouve o contraponto: "– Todo ermo tem seu dono". – os dois riscos inconciliáveis, o alto e o baixo, o abstrato e o concreto, já se apresentam como planos do livro.

Em simetria, a última página retorna ao panorama do começo. Valério e Benvindo, livres do inquérito, marcham desolados na direção da estrada, procuram rever o norte de seus trajetos, embora pareçam vazios. Trocam palavras de amizade e devagar suspeitam não haver remédio na vida senão lembrar: "o recordar do homem guarda de um tudo, que saudade se fez para o seu punir de viver". De parte alguma sobrévem um amparo, então lhes resta prosseguir com os arrimos da memória, cuja metáfora nesta cena é o baú com os pertences de Luzia. Os caminheiros sobem o cerro, arriam a caixa, param graves à espera de transporte. E nós leitores, sem ter também aonde ir, sentimos quanto pesa o silêncio.

# Os caminhantes de Santa Luzia

1

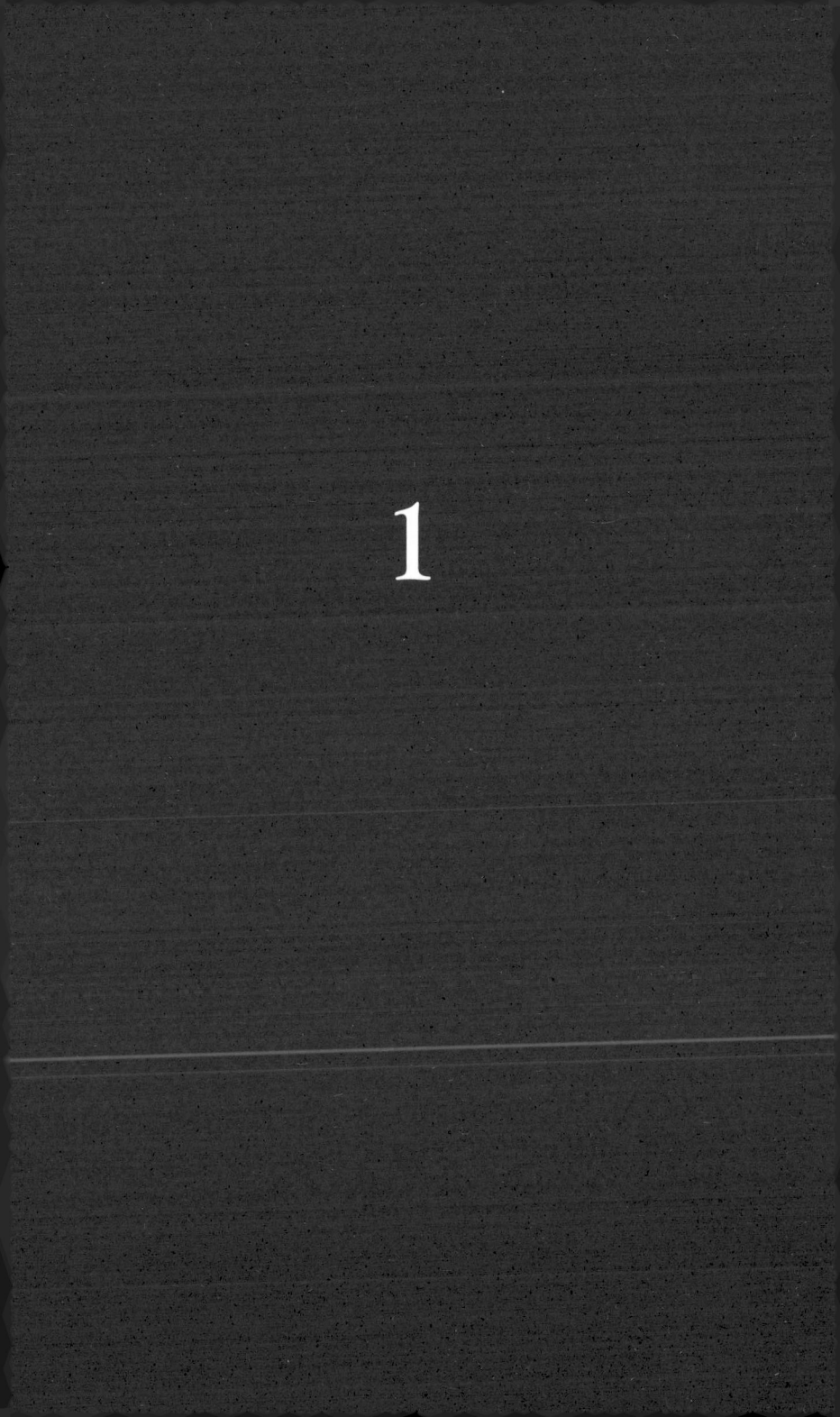

Uma sombra caiu na estrada, flutuou, sumiu-se. A camioneta avançou pelo chão de terra escura. Atrás ficara a poeira vermelha, o céu luminoso, a reta sem fim, dura e gretada. Outra sombra deixou a folhagem, cresceu nublando o caminho. E de repente, num arrepio agourado, sentiram todos a descida sinuosa entre as árvores.

— Não gosto desse lugar — disse João apertando o volante com força, recebendo pela janela aberta golpes da paisagem turva e o friúme da tarde que descambava.

— É de Deus.

João virou-se e examinou a passageira, de viés, pelo espelhinho do lado. Ela estava imóvel, olhando para a frente; apenas o bentinho lhe dançava no peito ao embalo do carro.

— Nunca vi paragem mais feia, dona.

— Todas as paragens são de Deus — respondeu ela, voltando-se para as escarpas que surgiam próximas, de um arroxeado vermelho sujo.

— Mas é triste, danada de triste.

Os dois homens silenciosos deixavam-se levar pelo balanço da viatura, roçavam molemente a mulher de branco.

— Todo ermo tem seu dono.

As curvas amiudaram, a carroceria de madeira rangia sob os ramos baixos, densos, que traziam aquele úmido bafio opressivo. O silêncio descia pelo caminho fofo, serpeava entre os pequenos morros escalavrados, as barreiras de cortes violentos, a massa de um verde esbatido que limosa escurecia a vista em redor. Alagadiços mostravam-se adiante, rompendo com os seus reflexos o lençol da baixada.

— Fim de mundo.

O homem ajeitou-se no banco, passou os dedos curtos pela barba de dois dias, rala e arruivada. Apenas a cadência do motor, as rodas contidas no descer lento. João não se mexeu; sabia que era o atarracado, não o de olho amarelo. Esperou a mulher falar, mas ela não disse nada.

— Tenho visto coisa melhor — insistiu o encorpado. E sorrindo para as grotas que se esquivavam ao lado, rasas e ligeiras: — É... um vivente consome do bom e do ruim, gasta linha de muita meada.

— Está escrito, seu Benvindo, a gente se cose na linha que Ele manda.

Houve um intervalo, coberto pelo rumor da máquina. O homem alisou a calça riscada, alargou mais o sorriso:

— Pois então! E de primeiro a tenção é viver no caminho do bem.

— O senhor fala com ensino, seu Benvindo. É nessa obrigação que a alma se salva.

O homem magro continuava alheio e calado. O outro e a mulher de branco largavam as frases sem se olharem, numa conversa feita de arrancos e de breves hiatos. João guiava meio estranhado, um começo de temor prendendo a vontade de fazer perguntas. Diabo de povo esquisito. O vermelhaço fretara a camioneta na beira do sertão, pagara o sinal, aceitara o preço sem regatear. E só. Porque o resto era a ladainha de romeiro, desconchavada, e o jeito aluado cheio de nove-horas. Para onde se botavam, sabia. Mas ficava nisso, que depois de chegarem a Santa Luzia não encontraria outra resposta, além da cor do dinheiro. Até disso já principiava a desconfiar — não fossem continuar variando, o pensamento no outro mundo, e esquecerem o devido. Também, arranjado está quem se mete com penitente.

Rodaram ainda, em silêncio, agora interessados na paisagem que se alargara. Depois do rodopio, das voltas estrada abaixo, viera um pedaço de chã. Então clareou-se a tarde afinal renovada. Brilharam restos de luz difusa, revelando um trecho de lagoa esfiapado entre árvores, longe. Sob a linha de moitas que renteavam, surgiam feixes de lenha, um canteiro de hortaliças, o bueiro de tijolos fumarentos que se aproximava pouco a pouco.

O homem franzino estirou as pernas, olhou para a mulher, sorriu. Estavam chegando. E com os retalhos de lagoa, as casas

esparsas, o vulto perdido caminhando na picada solitária, o coração se aliviava daquela tristeza sombria e sem motivo.
— Está perto.
Luzia balançou a cabeça:
— Vai se acabar esse aperreio de viagem. Deu um suspiro e completou: — Então a gente começa a fazer o que é preciso, a falar com o povo na voz de Deus. É nisso que eu tenho gosto, que eu boto alegria e vontade. Todo o resto é variação.
— É. Tem uns que nascem pra isso, Luzia. Está direito, eu sei. Faz três anos que eu sei. O meu destino é carregar o seu.
Ela voltou-se para o marido, que falara baixo, um sussurro magoado e distante:
— Cada um carrega a sua cruz, Valério. E a minha encompridou, cresceu, ficou pesada. É até um pecado se arreliar assim da sua sorte.
Não respondeu. Continuou olhando o banco defronte, as costas do chofer, o caminho se estirando no vidro embaciado. Foi quando João avisou:
— Já estamos quase na cidade.
Avisou e ficou esperando que eles dissessem alguma coisa. Ouviu um murmúrio breve, como se os passageiros acertassem uma decisão importante, e a voz da mulher alteou-se:
— Chegando mais perto, bem de junto do lugar, então vosmicê para.
— Não tem errada. Na boca da cidade, não é?
— 'Nhor sim.
Agora um novo silêncio. Pelas franjas das árvores, nos restos de claridade mortiça que a estrada recolhia, o casario irre-

gular se anunciava. Valério fixou uma construção miúda, acachapada, fora do alinhamento marcado em sombras, a última do arruado que dava começo a Santa Luzia. A camioneta ia ao seu encontro. E era como se ele fosse andando, correndo para a casa ao longe plantada, e o grito dos seus passos agitasse a folhagem, rompesse a crosta da lagoa, da triste calma em redor. Feito um passamento, uma vertigem. Mas antes que atingisse a meiágua pintada a ocre, houve um sacolejo forte e o carro brecou.

— Pronto.

Ficaram um instante com a voz de João latejando nos ouvidos. E abriram a porta, desceram, pisaram o chão mareados e bambos. Valério foi descarregar a bagagem: um baú de folha, três embrulhos amarrados com barbante, duas tábuas de madeira envernizada, escura e lustrosa. Benvindo chamou o motorista para um canto, puxou do bolso o maço de notas, pôs-se a contá-las envergando o corpo. Luzia olhava a cidade que se estendia adiante: a lagoa espelhada e as estacas da ponte, ruas aconchegadas em torno da praça, os degraus da escadaria cinzenta procurando a igreja alta.

— Está certo?

João disse que sim. Os outros se aproximaram, puxando os trens no barro escuro. A mulher parou, os braços caídos:

— Deus lhe acompanhe, seu moço.

Ele reparou um momento no grupo em volta. Os cabelos terrosos, os olhos fundos, os rostos vincados. A arca parda, a matalotagem de papel verde, as tábuas polidas e certas. Demorou-se mais na mulher de branco. Moça ainda, estranha e bonita, de um pálido moreno crestado. Pensou-a retirante de posses, vendo-lhe o vestido de mangas compridas, a ruga no canto da boca e a mudez hostil. Deu de ombros, despediu-se:

— Boa noite. E louvado seja... — interrompeu-se, achando graça na saudação. Subiu para a camioneta. Acionou o motor, fez a manobra, partiu dando um adeus risonho.

Foi a viatura sumir-se na poeira da estrada e Valério dizer:

— O rapaz é falante, não é?

— Muito — confirmou Luzia. — Por isso eu não contei do mandado que o Senhor me deu. Fiquei triste. Mas não tem serventia gastar a palavra divina com esse povo.

— É o jeito da mocidade — achou Benvindo, que se espreguiçou, ajuntando: — Andar o dia todo naquela geringonça mói um cristão. Eu, por mim, tinha apeado antes, noutra cidade.

— Por via de quê, não me dirá? Eu já dei o meu recado, o aviso de Deus, naquela paragem todinha. Não sobrou um vivente que não ouvisse, que não fizesse a penitência. Agora o meu rumo tinha que ser o daqui, seu Benvindo. Falar com o povo dessas brenhas, esquecido nessa beira de lagoa.

Valério quis dizer que a gente do lugar estava mais perto da capital, devia estar mais longe de Luzia e seu testemunho. Mas olhou a cidadezinha e continuou calado. Aquilo parecia um lugar perdido, sem ninguém. Água parada, coqueiros nanicos, manchas de verdura que se alastravam entre as casas, desgarradas, lá na rua da frente. Os quintais se alongavam desertos, vinham até a franja da estrada, findavam em cercas podres. Do outro lado, nas ruas principais, tremiam os postes com uma luz rala.

Encandeado com o pôr do sol, Luzia foi andando, pisou as ervas que beiravam o caminho. Os dois homens ficaram atrás, olhos postos no vestido branco, na cidade que se acendia e se tornava mais próxima. Então a mulher parou, o casario a seus pés, e murmurou:

— Santa Luzia, alumiai os meus olhos, a minha ideia.

Continuou, em palavras soltas, que eram mais intenções, não formavam pensamento.

— Minha padroeira... seu povo... a salvação é chegada...

Esteve assim, hirta, arroxeada pelo crepúsculo, entregue longo tempo à sua oração, ao seu pesado enlevo. E terminou em uma quase jura:

— Eu vou mostrar, Santa Luzia. Pelas minhas chagas!

2

Despertou com o morno chamado que vinha lá de fora, envolvente e ainda nebuloso, perdido entre as árvores do quintal. Por um instante ficou ouvindo. A parede fronteira não chegava às telhas escuras, o vão aberto deixava passar a rajada sinuosa, ondulante, um barulho que alongava a manhã apenas começada. Então o menino compreendeu, abriu os olhos de uma vez. E levantou-se, enfiou as calças esbarrando na cama do irmão, alegre, de repente fascinado, preso ao correr da ventania.

A casa estirava-se deserta, as portas guardavam um meio silêncio. Das janelas que olhavam o jardim escoava uma luz fria, rendada, a jogar no soalho manchas imprecisas e cheiro de roseiras. Avançou pelo corredor, chegou à sala de jantar, viu os móveis, o jeito de repouso que se adivinhava nos quartos da ala sombria, continuou em direção à copa, onde os cavaletes sustinham uma larga mesa escura, atravessou o arco de madeira que se alteava sobre a despensa, pisou o cimento da cozinha. O degrau, a tramela pesada. Com as duas mãos levantou-a, sentindo no outro lado a força do vento, muda e grande. Um impulso maior, todo o peso do corpo, e a porta escancarou-se num chiado.

O nordeste varria as folhas. Essa a primeira visão do quintal imenso, com o seu renque de mangueiras, o portão claro da estrebaria nova, a cisterna coberta de tábuas podres, as casas de pombos alinhadas junto ao muro do hotel. Duas laranjeiras murchas pendiam sobre os feixes de lenha, rente à cerca da vacaria. Além, o molho de bananeiras, a pitombeira solitária e velha, o capinzal que descia em baixada, subia depois, rumo ao caminho da lagoa. Tudo quieto, ainda em penumbra. Só o vento caminhava os seus dedos pela areia, mexendo nas talas de umas gaiolas quebradas, nos montes de palha que escondiam frutas verdes, subindo à copa da mangueira rosa, que mais alta e mais bonita crescia feito um coqueiro.

Ficou um minuto parado, vendo aquele mundo, que sabia coisa sua, íntima, fechada aos irmãos menores, a todo o resto da família, que apenas morava na casa enorme e ainda sonolenta. As fraldas da camisa flutuavam, o chão do alpendre estava frio, era bom o contato do musgo entre os tijolos, assim de leve, alisando-lhe os pés. Um começo de luz boiava na ventania, e chegava solta e pálida, não se via de onde. Ele continuava imóvel, respirando o seu momento de encanto. Sério, tranquilo, como o tio mais moço que vinha do sítio aos sábados, magro e calado, vermelho de sol. Um minuto, apenas. E pôs-se a descer os degraus de tijolos, cuidadoso, pisando macio como se pudessem ouvi-lo.

Atravessou o chão batido que o terreiro espraiava, seguiu a fileira de árvores gordas, de troncos envoltos em sombra. A vacaria deserta, silêncio. Avançou mais rápido. A ausência das reses o confrangia; era uma tristeza que não sabia explicar, avizinhava-se da sensação que experimentava à noite, quando ouvia o martelar insistente da usina elétrica. O capinzal ergueu-se mais adiante, sossegou-o — a ligeira encosta de relva úmida e afinal o mamoeiro chegava.

Seu lugar predileto. Dia em que não arranjava uma escapada, não vinha até ali, era dia perdido. E sempre sozinho, que de outro jeito não prestava. Sentou-se na pilha de tijolos. O capim-gordura se arrepiava, caminhando, grimpava rumo à estrada velha. Tudo calmo. Gostoso ficar olhando as nuvens preguiçosas, um galho verde acenando mais perto, o beiral encardido avançando à direita, quando baixava mais a vista. Nenhum pensamento. Apenas os sentidos despertos, alertas, excitados com a terra úmida, a seiva das árvores, o azul limpo do céu alto, o silêncio que arredondava os rumores leves num só bloco de paz sossegada. Ficou assim largado, a cabeça encostada ao tronco do mamoeiro, gozando a modorra e os fiapos de manhã que sem vontade recolhia. Foi quando um som agudo tiniu perto.

Levantou-se num salto, o coração descompassado. Vinha dali de junto. Sim, do poço das pedras, no quintal vizinho. Um instante indeciso, e logo se mexeu. O barulho repetiu-se, ainda mais próximo, trazendo a certeza: era na cacimba. Andar cauteloso, amaciado. De novo o ruído chamava, insistente, guiando-lhe os passos. O menino acercou-se com precaução, afastou uns arbustos que se emaranhavam no arame da cerca, e apertou os olhos para ver melhor.

Uma forma toda branca. A corda nas mãos, a mulher puxava água do poço; ao lado, num lajedo que se elevava em pedra achatada, a lata quase cheia. O menino ajeitou-se no seu lugar. De onde estava eram mais visíveis os braços que se alongavam, a cabeleira escura, o busto arqueado sobre o parapeito. Aguardou que ela contornasse a cacimba, pisasse aquela nesga limosa. Não demorou muito. Enchida a lata, a desconhecida veio mostrar-se. Os pés largaram os sapatos, as mãos se puseram a soltar os cabelos, em movimentos ligeiros que mal se adivinhavam. Os dedos correram depois os botões, afrouxando o vestido que o vento enfunava, tirando-o, para logo conter o seu brinquedo no ar e dobrá-lo. A mulher se revelou inteira aos olhos do menino, que lhe percebeu o estremecer, o sorriso arisco, o movimento em direção ao balde. Ela experimentou a água, ergueu o braço, cobriu-se de um jato cantante e brilhou na manhã. O mesmo gesto repetiu a cena, molhando, fazendo mais viva e escorregadia a figura que se alçava contra o céu de um azul baço. Então ela deixou o balde e se pôs a cantar, rompendo com a sua melodia sem palavras o murmúrio do campo — da árvore que ensombrava a cacimba, um pássaro renteou o voou sobre o capim e frechou para o telhado que esmaecia, longe. No seu esconderijo de folhas, o menino seguia aquele intervalo onde apenas as mãos falavam, descobrindo, percorrendo o corpo moreno. Ele as acompanhava, também encontrando, e aprendendo, sentindo quase. O dorso, os seios, o tufo azulado. Agora sabia. Como das pernas, das coxas. Apertou o arame da cerca, numa ânsia, num espanto que o fascinava e sacudia. Acima dos joelhos, lavadas pela água, duas manchas se avivavam. Reparou bem e penalizado assegurou-se: em cada coxa uma ferida, eram duas marcas iguais. E fundas, encarnadas, nas gotas d'água brilhando. Por um instante se desarvorou, sem saber o que pensar, vagamente amedrontado. Mas a mulher não parecia sentir nada, não prestava atenção às feridas, continuava a esfregar-se cantando. Esquecendo-as, ele foi tornando ao seu deslumbrado exame. Só agora atentava naquele rosto, e o achava belo, e também o encantavam os cabelos pretos, ondulados, que escorriam molhados pelos ombros nus. E tudo nela ao menino semelhava uma clara visão proibida, latejante, em reflexos de luz banhada. A cantoria alegre parou um minuto, ele prendeu a respiração. Encostada ao poço, a mulher esfregava um tornozelo, outro, equilibrando-se na postura que a inaugurava aos olhos da criança. Novamente a cantiga sem palavras rompendo o enlevo; e seguia o calado esforço para ver, fixar, gravar pedaços fugidios que teimavam em esconder-se. Por que não se mostrava, inteira? Um jato d'água espadanou na pedra. Mais um, a lata emborcada, e a mulher agitou os membros para enxugar-se — seu corpo era rijo e móvel, como o de um bicho ainda novo. O sol, já sobre as árvores, podia aquecê-la. Ficou parada, olhando em volta, misturada às folhas e às pedras, tocada pelo vento, agreste na sua nudez. O menino guardou essa imagem, viu-a de uma beleza total. Ainda um instante, e voltava a primeira peça de roupa desdobrada vagarosamente, que foi curta e ligeira. Ele notou apenas a maneira de vesti-la, diferente do seu acordar apressado e rude. Veio depois a camisa, leve, e em seguida o vestido branco, de mangas compridas. Abotoá-lo, calçar-se, tudo foi rápido, como rápida a impressão que teve o menino: agora ela se parecia com as outras mulheres, todas deviam ser muito semelhantes, quase iguais. Os dedos entre os cabelos, alisando um penteado breve. E um chamado agudo, que alguém respondeu perto. As duas vozes o sacudiram. Antes que ele se refizesse do sobressalto, a forma branca foi-se afastando. Arredou um galhinho verde, encontrou o homem que a esperava, e desapareceu aos poucos, sumiu-se entre as moitas. Mas só ao perdê-la de vista o menino sentiu acabado o seu encanto.

Demorou-se ainda, e foi seguindo também pelo quintal, junto à cerca farpada. Ia vagaroso, cabeça baixa, esmagando os torrões secos, as formigas de roça, o mato miúdo que atravessava a pequena trilha, subia levando a figura distanciada e no entanto presente, viva naquele chamado que parecia se repetir cada vez mais longe. Quando chegou perto da vacaria, a imagem nublou-se, fugiu. Então ele parou, como se precisasse orientar-se.

Mas logo a visão da mulher voltou. E fez com que o menino se desanuviasse, a certeza e a alegria brotando juntas: não se esqueceria nunca, levaria para sempre a lembrança daquele corpo, seu desenho, suas cores, sua revelação.

No outro lado do pátio, as mangueiras se agitavam, molemente. Abaixou-se e apanhou um cipó. Continuou a andar, olhando o terreno enorme. Para lá, à direita, o sapotizeiro do hotel; perto, à esquerda, os cochos no fim da vacaria; adiante, bem na frente, as primeiras galinhas que deixavam o porão e ciscavam à toa, por baixo da escada. As janelas da cozinha já estavam abertas. Ele veio-se aproximando, encostou-se no tanque. Passou a mão na água parada e verdosa. Não espantou o gato malhado. E ficou ali mesmo, espiando as casinholas dos pombos.

3

A porta se abriu e o casal entrou. Da rua veio um barulho de vozes. Audálio deixou o balcão para ver o que era. Ao passar junto ao fiteiro, com os pratos de camarão e peixe, não reparou na mulher de branco, no homem ainda moço. O rumor crescia, lá fora.

Mal pôde sair para a calçada, tomada de povo. Um grupo cerrado se enovelava bem ali, em frente à casa, fazendo alarido grosso. Acima das cabeças, viu uma cruz de madeira. Encafifado abriu caminho, chegou até o vermelhaço que a segurava, abafado entre os curiosos, suarento e grave.

— Que é isso?

O outro fez sinal de que não adiantava falar, não seria ouvido. Audálio levantou os braços e gritou com força. No silêncio repentino, virou-se para o homem, repetiu a pergunta.

— Vamos de romaria, meu senhor — respondeu Benvindo, as mãos gordas sustendo a cruz.

— Pra que banda?

Alguém cortou:

— Não é ele.

— É a moça, a de branco. Ela é quem carrega a cruz!

Audálio se atarantou:

— Quem?

— A mulher. Está lá dentro, na sua venda.

— Hum... — fez olhando o homem arruivado, a cruz envernizada, já caminhando para o batente.

Entrou e fechou a porta. No mesmo lugar, perto dos camarões brancos, dos peixes gordurosos, o casal esperava. Rostos plácidos, olhos fixos e vazios. Ficou um segundo a examiná-los. E limpou as mãos na toalha úmida:

— Estou pronto.

Luzia ergueu a vista:

— Me dê café.

Antes que a servisse, Audálio foi interrompido. Era Valério, brando:

— E de comer, Luzia?

— Quero não.

— Você precisa. Vai andar muito, cuide do sustento.

Houve um momento de hesitação, que Audálio aproveitou:

— Tem broa de puba, cuscuz de arroz... e tem bagre fresco, dona.

— Café e broa — pediu Valério. Não gostava de peixe, cuscuz bom era de milho.

Esperaram, comeram mesmo em pé, no balcão. Disfarçando a espanar as garrafas de uma prateleira, Audálio os observava. Espantava-se de ver penitentes assim tão moços, imaginava que raça de gente seriam, aguardava um pé de conversa. Mas eles continuavam calados, mastigando de cabeça baixa. Resolveu-se:

— Vão ficar por aqui?

Luzia sobressaltou-se, mas não se moveu, piscou somente:

— O tempo que Deus mandar.

— É de penitência?

— É. Agora nós batemos por esse mundo de Cristo, até chegar no Bom Jesus da Lapa.

— Se mal pergunto, que é que a dona está punindo?

— Pagando os meus pecados. E os pecados dos outros, meu senhor. Fez uma pausa, e animou-se:

— A salvação vem para todos, mas é conforme. Não tem valia relar o joelho, nem levar surra de cordão bento. Ruindade de pecador só se tira é com fé, com arrependimento sentido. De outro jeito... não, não tem pena que sirva. E eu caminho, eu falo, eu chamo é a paz da gente. Ela pode vir logo, principiar mesmo aqui embaixo. Quando chegar no Bom Jesus da Lapa...

Audálio ouvia com uma sensação entre medo e pena, que experimentava ao servir o Xisto, o Guabiraba, a Naninha Maluca. Seria também demente? Lembrou-se da cruz, afastou a suspeita, de novo marombou na sua dúvida:

— Donde vem vindo, dona?

— Do meu sertão, lá em cima. Andei aquilo tudo, sem pular um arruado, um lugar vivo. Faltavam essas bandas. Então depois se fina essa andança por cá e me boto pro meu rumo, caminho do Bom Jesus. É o derradeiro, se acaba meu mandado. E todo o mundo vai contar do sucedido.

A porta se escancarou, deixou passar o moleque das compras, o balaio de hortaliças. Ficaram uma nesga de calçada, os canteiros da praça, e balançando nas árvores, nos postes, nos fios telegráficos, bandeirolas e faixas de propaganda eleitoral. Uns homens se aproximaram, encostados ao portal pararam em conversa baixa, espiando a mulher de branco. Audálio foi até a soleira e bateu a porta.

— Não precisava se aperrear, seu moço.

— Esse povo daqui é assim mesmo. Então agora com as eleições, anda tudo feito um bando de tanajuras. É lorota e pabulagem, uma zoada, um desadoro que não se acaba mais. E ainda falta uma semana! Que dirá...

Luzia continuou em silêncio, mastigando. Ao lado, o marido parecia não ter ouvido, assuntando bebia o seu café. Dois moucos, pensou Audálio, olhando os rostos próximos e distantes de tão aluados. Que estariam magicando? Leseira, não tinha dúvidas. Uma pena que gente moça, forte, se metesse pela estrada, batendo perna sem quê nem pra quê. E além do mais com um desconchavo de história, uma ladainha de salvação e paz e mandado de Deus, coisa de entrar por um ouvido e sair pelo outro, sumir na poeira. O povo de Santa Luzia não ligava, ninguém mexia um dedo com aquela arenga. Vinha o padre, falava um engrolado, e se esbandalhava o rosário do penitente.

Seu vigário sabia como fazer. Era mole, era cheio de proa, mas não enjeitava isso de estragar cama de beato. Ganhava sempre, tudo que dizia entoava — santo pra ele andava de altar, de andor. Ali no fixe.

— A política anda braba.

Os dois levantaram a cabeça e sorriram, aceitando. O pano esfregou o balcão enodoado. Que diacho vinham fazer em Santa Luzia? Arranjar complicação, na certa. Audálio passava o rabo dos olhos no casal absorto, ouvia o barulho que o povaréu fazia do lado de fora, ia-se danando com o despropósito. Gente do sertão gostava daquilo, dava um quarto e uma banda para ouvir conversa de santo, caminhar atrás de iluminado. Ela até que era bonita. Morena, grandona. Logo nesse tempo, a eleição nas portas, a política velha comendo solta. Ia se encrencar, ora se... Tinha lá cabimento! Meter-se agora a falar, a querer juntar povo, era chover no molhado. E se arriscar a sair com duas quentes e uma fervendo.

— Eu sei que não é da minha conta, viu. Mas quem avisa...

O homem parou de comer, ficou esperando. Audálio foi dizendo:

— A cidade anda de pernas pro ar. Uma latomia desgraçada. Todo santo dia sai briga, é um sarapatel que não tem mais fim. Não sei não... mas se fosse comigo, eu passava lá em cima, pela chã, e só parava nestas bandas depois da coisa esfriar.

Antes que o marido falasse, Luzia respondeu:

— Agradeço, meu senhor. Eu já tinha botado sentido nos reclames da eleição, por aí tudo. Faz mal não. Minha missão vem lá de cima, não tem nada com o governo deste mundo, com os grandes, os homens do mando. Não precisa se arreliar por causa da gente.

Audálio insistiu:

— Assim mesmo. Isso não é hora de fazer pregação, que o povo já está de orelha entupida. Agora só querem saber quem vai ser o prefeito. Sei não, mas a dona vai é perder o seu tempo. E ainda se arrisca a sair corrida.

Os olhos de Luzia faiscaram, mas a voz foi quase humilde:

— Quem sou eu, coitada de mim! Uma pobre caminhante que só quer o bem, que é de paz, que vive no sacrifício por mor dos outros. Vou pelo meu caminho e não estorvo ninguém. Se a palavra de Deus entrar num cristão, bulir com o pensamento dele, eu nem peço que venha comigo. A cruz é minha, sou obrigada a carregar, nem que todos os poderosos deste mundo quisessem me perder. Estou cumprindo o devido, não tenho de que me assombrar. Posso ir embora não, seu moço.

Bebeu o último gole do café e pregou em Audálio o seu mirar fundo. O vendeiro não se mexeu, não tornou a falar. Arrecadou a louça, saiu um instante, para o lavatório que ficava nos fundos. Era encolher os ombros. Que se arranjasse, diabo de mulher teimosa. E também o porqueira do marido. Fosse casado com ela, ensinava, ora se, dois dias e aprendia o bê-á-bá certo. Mas não. Mulherona assim de opinião, ainda por cima vistosa, e de junto aquela pamonha! Ia lá deixar a moça se consumindo pela estrada, furando o oco do mundo? Não tinha talvez nem conforme. Ficava em casa, ficava. E ele ganhava mais do que aquele apalermado, ali jururu, feito um dois de paus. Voltou ao balcão como se nada tivesse havido.

Puxando o dinheiro, Valério perguntou:

— Quanto lhe devo, meu senhor?

Audálio contou, respondeu, pegou a nota, fez o troco. Já esboçava uma despedida, quando Luzia disse:

— Muito obrigada, seu moço. A gente agradece pelo aviso, por tudo. Que Deus lhe aumente.

— Não tem de quê. E boa romaria, dona.

Os dois cumprimentaram, foram saindo, abriram a porta e sumiram-se. Audálio ainda se demorou um pouco, antes de ir até a calçada. Chegou a tempo de vê-los se afastando, cortando a praça, o magote de curiosos em volta. A mulher de branco levava a cruz, que se arrastava pesada, oscilando aparecia no meio do povaréu, lustrosa, quase negra. Não distinguia o homem magro, nem o outro que ficara de fora, guardando o madeiro da sua ambulante. Ela seguia largo acima, a espaços entrevista no confuso e móvel cortejo, rumo ao descampado que se abria além da cadeia. Meninos atravessavam as ruas próximas, correndo, e janelas se abriam para a companhia já engrossada. O sol esquentava a areia escura e fofa; uma brisa ainda fresca agitava as folhas das árvores, mexia com as faixas brancas pintadas de letras encarnadas.

Quando o grupo alcançou o coreto e quebrou à direita, Audálio balançou a cabeça:

— Tem jeito não. — E entrou para a venda.

4

O negro Vitalino não precisa vender mais. A feira vai alta, o sol queimando, e ele já fez o guardado. Em seu tempo de vacas magras, ficava de cócoras junto ao cobertor, apontando as miudezas expostas, se esgoelando nos pregões, até que os matutos despovoassem o quadro ladeiroso e deixassem as barracas desertas. Mas hoje não tem precisão disso, a lua de aperto passou. Três cinturões, duas mantas, uns arreios, e chega para a semana. Basta uma sela por mês — o resto major Bento completa, com a paga do servicinho besta. Coisa à toa, de qualquer mulher fazer: somente olhar o movimento dos outros, acompanhar algum desconhecido, dar conta de umas passadas suspeitas. De olheiro servia, que Deus lhe dera vista boa e natureza descansada. Pode cruzar os braços.

É como está o negro Vitalino, sentado no batente, gozando a sombra e a leve aragem. Chapéu embicado, ele abarca o quadro inteiro observa a casa do coronel Mendes, o grupo em conversa na farmácia, e principalmente a sua barraca defronte. Não parece trabalho, mas é. Tira do bolso um pedaço de fumo, a faquinha, estira as pernas sorrindo. Mundo velho sem porteira. Antigamente não dava para ficar assim, picando o seu de mascar, no bem-bom livre de preocupação, o corpo largado e as alpercatas frias. Era cabo de enxada, suor em bica, e dinheiro um tiquinho. Vida excomungada. Tivesse mulher e filhos, se esticava de fome. Esfarinha um bolo de fumo, mete na boca, começa a mastigar lento. Depois de levar trombada em penca, se aprumara de vez. Sorte deixar Campo Belo, vir bater nesta beira de lagoa, encontrar major Bento. Viragem tão de golpe estava pra ver.

— Cochilando feito velho, compadre?

Era seu Clemente, do Porto Novo, que já tinha vendido a carga de mangas:

— Vigie que levam a barraca, homem!

— Levam não. Santo Antônio toma conta.

— Se fie nisso e não espie. De remediado pra cima, não acontece nada. Mas com pobre... é tiro e queda.

O negro Vitalino se levantou, encostou-se na parede, mostrou um sorriso branco:

— Deixe de agouro, seu Clemente.

— Está bom, está bom. Mas que novidades me dá o senhor? Eu ando socado naquele buraco e nem sei que o mundo existe.

— Tudo no mesmo, no mesmo. Fora essa alaúza de eleição, tudo igual, o andor de sempre.

— Sim... Ah! Me disseram que apareceu uma beata, que anda por aí, com uma cruz. É mesmo?

— É verdade. Tinha me esquecido. Veio mesmo, ainda cedo passou na feira, foi lá pros lados de Lagoa Pequena.

Seu Clemente arrenegou-se:

— Taí, gostava de ver. Saí uma horinha pra vender na estação e perdi. Tomara que volte.

— Volta, sim, que ela tira andança miúda. Vai aqui, acolá, mas volta sempre. Com bem pouco, antes da feira acabar, e já está de novo por cá.

O outro se alegrou. E baixando a voz:

— Escute, compadre. Ouvi dizer que a mulher tem umas chagas, umas feridas acima do joelho. Será de vera?

— Homem, não sei. Ouvir falar nessa história, eu ouvi. Mas tome tento: você acha que beata anda mostrando as coxas? Não mostra, não é?

— Então, quem pode lá ter visto uma coisa dessas!

Concordando, seu Clemente ajuntou:

— Também não acreditei. O povo é mesmo aleivoso, mete a ronca na coitada como se ela fosse mulher-dama. Podia ser não. E logo com essa pobre, que dizem não larga do marido...

— Isso é. O guenzo não sai de junto, um enfezado, magricela. E tem o outro, vermelho, encorpado. Pra qualquer banda, vão sempre os três.

— Então!

Só mesmo no buranhém esse pessoal endireitava. Porque não era broquice não, estavam em tino perfeito: era ruindade. E mexer com romeiro, e ainda por cima com mulher. Afinal de contas, fosse com fosse, tinham de respeitar. Religião, não é?

O negro Vitalino estava de acordo. E na muda concordância ficou, acenando a cabeça lanzuda, enquanto duraram os dois dedos de prosa de seu Clemente, até que ele se aviou, botando o chapéu e pegando o balaio:

— Pra semana eu volto, compadre. Ainda tenho de dar um bordejo, fazer umas compras. Depois eu sigo direto e só venho pra eleição.

— Até lá.

— Até, seu Clemente. E boa viagem.

Vai-se embora, no passo rengueado; o negro Vitalino senta-se de novo, torna a escolher um pedaço de fumo, põe-se a cortar umas peles finas e a inspecionar o largo ainda cheio. Fica assim bem uma hora, bestando, a cachola vazia. Nem santa, nem eleição, nem nada. Apenas a modorra do quase meio-dia, o se arrastar pouco a pouco seguindo a sombrazinha esquiva já rematada na beira das casas. Mais um instante e irá para o centro do quadro, marombar debaixo da árvore em frente, onde se amontoam cangalhas, redes e caçuás. Demora-se ainda, o sol gostoso batendo-lhe nos pés, subindo o corpo lentamente com a sua quentura seca. Então, um movimento ligeiro o sacode, um estremeção que logo ele controla, alegre, embicando mais o chapéu.

Na praça, rente à barraca, um homem olhava os arreios, as mantas, passava os dedos pelos cinturões. O freguês ia de um artigo a outro, vendo, amolegando, cheirando quase. Numa das suas voltas mostrou o rosto ao negro Vitalino, que disfarçado o observava, e este sorriu, levantou-se, ficou de longe seguindo-lhe a manobra. O outro pegava uma correia, largava, espiava de banda. Depois segurava uma franja de manta, brincava com ela, olhava por cima do ombro, deixava. Uns cinco minutos foi nisso. Então avançou rápido, apanhou um cinturão enrodilhado e o enfiou no bolso. Relanceava a vista em torno, quando a voz o gelou:

— Bom dia, freguês.

Voltou-se e deu com o negro, sorrindo.

— Bom dia, mestre. É do senhor?

— É nosso, patrão — respondeu o negro Vitalino.

Benvindo ergueu a mão gorda e trêmula, apontando:

— Quanto custa?

— Cinquenta mil-réis.

— É caro, muito caro.

— Nesse tempo, meu senhor... Tudo está pela hora da morte.

— Eu sei. Mas assim é por demais. Fez menção de se afastar, a voz calma o tolheu:

— Vai ficar com o escolhido, não é?

Benvindo parou, zonzo. O negro esperava, chapéu enterrado, o sorriso aberto. Encruzilhada miserável. Vergonha, medo. Teve um gesto arrancado:

— É... Fico assim mesmo. Cinquenta mil réis?

— Isso, patrão.

Tirou o cinto e o dinheiro do bolso. Pagou, desconfiado, atentando no homem que fazia o embrulho. Não dava mostra de aborrecimento, fizera tudo na maciota. Negro sabido. Trouxa fora ele, cair daquele jeito. Aprendia, pra não ser burro. Vivendo e aprendendo.

— O senhor não é daqui não?

— Sou de fora. Cheguei com pouco.

O negro Vitalino fez como se lembrasse de repente:

— Ah! Estou vendo... O senhor veio com a moça da cruz, não é?

Benvindo afirmou contrafeito, pegando o embrulhinho.

— Então, gostando da cidade? Ficam muito tempo?

Tinha de responder, conversar:

— É, cidade boa, grande. A gente sempre demora uns dias.

— E o povo... vem pra ver, pra seguir?

— O povo tem fé. Todo lugar é a mesma coisa. Não deixam sinhá Luzia sossegada.

— É, eu sei que o povo tem crença.

— O senhor pode imaginar, mas não pode saber como é de verdade. É uma procissão, dessas da capital, de semana santa. Pena sinhá Luzia não ficar mais, que ela tem o seu destino, vamos todos pro Bom Jesus da Lapa.

— Ah, é? Me conte isso — quis saber o negro Vitalino, a curiosidade verrumando sua cabeça descansada.

Benvindo explicou. A romaria era para lá, agora que haviam batido o Estado inteirinho. Desde o princípio Luzia dissera, quando teve a sua aparição. Mais com pouco e rumavam de vez, cortando o interior, o sertão, em busca da pedra sagrada. E chegavam ao fim da missão de quase três anos.

— Mas vosmicês não vão logo, não é?
— Hoje mesmo, não. Dois, três dias, ainda se fica por aqui.
O negro Vitalino se interessava:
— Diga uma coisa, meu patrão. Eu não sou entendido em romaria, não sei nada de caminhante. Como é essa vida, hem?
Esquecido do prejuízo, do sol quente, Benvindo se alargava na cavaqueira. A todo instante era interrompido com uma pergunta. Respondia, continuava. Sim, três: Luzia, Valério, ele. Mas como dizia, uma vez, lá nos Olhos D'Água, mil penitentes comeram bem cinco léguas num dia só. E parando, e falando, e anunciando. Ia de junto. Uma beleza, um mundaréu de gente. Como era o quê? Bem, dormiam numa cidade, corriam pelos arruados vizinhos, depois voltavam. Isso mesmo. Havia sempre quem oferecesse pousada. Não, do contrário, uma vida ingrata.
— Uma canseira, meu senhor.
— Estou vendo, estou vendo — se apressava em dizer, arranjando um pé de fazer a arapuca e ter a certeza. Não fosse o homem desconfiar, fechar-se.
— O povo daqui é muito dado. Nós tivemos de escolher, ficamos numa rua que desemboca na lagoa, ali por trás.
Era fazer uma cara de atenção e esperar. Dando corda, enrolando o bicho. Até encostar na cerca e cair em cima:
— Todo santo dia, boquinha da tarde, vão pra aquele descampado junto da cadeia, não é?
Benvindo confirmou, o negro Vitalino então disse:
— Pois até parece que adivinharam.
E ficou rindo, chamando a atenção do outro, antes de continuar:

— Eu lhe conto, meu patrão. É coisa fácil de explicar. Depois que principiou essa baderna de eleição, o prefeito gosta de empurrar o povo pra cá, botando sentido em não suceder nada de ruim. Aqui fica mais na vista do governo, dos praças. Mesmo assim ainda sai fuzuê. Vosmicês fizeram bem escolhendo outro lugar.

— Homem, foi sorte. Eu não sabia.

— É, foi sorte.

— Bom que a gente saiba.

— Pois então! Foi por isso que avisei.

— Mesmo sem tenção de variar, não é?... Melhor estar precatado.

— Isso mesmo. E olhe que a política chega até lá. Menos, mas chega. Imagine aqui! É um inferno... Não vejo a hora de se acabar essa porcaria.

Ainda conversaram. Benvindo querendo ir embora, negro Vitalino agora sem ter de que falar. Não demoraram. O romeiro despediu-se agradecendo, partiu atrás do almoço. O outro ficou a segui-lo com os olhos, olhos atentos, compridos, que só o largaram na última esquina.

O negro Vitalino está satisfeito. E tem os seus motivos, que dirá a major Bento. Enquanto desarma a barraca, recolhe e vai guardando a tralha, pensa melhor, devagar, encaixando também o que ouvira do caminhante. Precisa contar, desfiar tudinho ao major. A história da beata, o descampado da cadeia, o comício da gente do coronel Mendes marcado para o mesmo lugar. Não era o que o patrão queria? Ia falar, talvez interessasse ao homem. Já cansou de ver o sorriso do major, o abanar de cabeça, o gesto de pouco caso. Mas o negro Vitalino insiste, alguma coisa lhe diz que anda certo. Qual foi o combinado? Tudo sobre o coronel Mendes, seu partido, seu povo. E também o diz-que-diz, as encrencas de Santa Luzia. Irá.

Quando bate à porta do major Bento, ainda acha que está sendo útil. Vai entrando, encontra o patrão na sala de jantar, paletó de pijama, chinelas, coçando um pé. A rede não se embala, é uma tipoia colorida para o vulto mirrado e grisalho do major. Os dedos magros continuam rascando o artelho descarnado e branco.

— Boa tarde, seu major.

Ele responde com um aceno, o negro Vitalino senta-se na ponta de uma cadeira. Põe-se a falar, e major Bento ouve impassível a sua arenga, os olhos fitando a parede fronteira. A casa em repouso, apenas uns ruídos abafados na cozinha, e a voz monótona do olheiro, que agora inseguro procura uma reação no homem, não encontra, às vezes tem vontade de parar. Mas o negro Vitalino continua, apesar do rosto parado, do olhar distante, do mole arranhar de unhas no pé encolhido.

De repente a rede se balança, entra a ranger, compassada. Major Bento pousa a intervalos a chinela no chão, dando o impulso, e aquele embalo o auxilia a juntar as frases do negro Vitalino, que podem vir a dar um bom plano. A santa, a discurseira, meia dúzia de homens. Depois, havendo encrenca, pocava do lado mais fraco, da banda podre. O coronel Mendes não tinha jornal, a oposição na cidade estava fraca, esbandalhada. Aquilo chegava de encomenda. Meia dúzia de homens acabava com a beata, a culpa era dos outros, não se duvidava. E ganhavam

Santa Luzia inteira, descontavam qualquer vantagem nos distritos do interior. Trabalho bom, serviço limpo, melhor negócio. Quando a gente do coronel Mendes pudesse abrir o bico, fora dos seus comícios, a eleição já tinha passado. E estaria vencida, com o horror da morte da beata pesando no partido contrário, afugentando os votos. Era uma ideia boa, fácil de botar para frente. Quem sabe?

Major Bento presta atenção no negro Vitalino. É o homem, com mais uns poucos. Escolhia o pessoal, mandava, ficava descansado. Para a rede, levanta-se enfiando a outra chinela:

— Seu Vitalino, vamos até o quintal, estirar as pernas. Tenho um particular com o senhor.

5

Duas horas, tarde mormacenta. Audálio apressou a arrumação da copa, vigiando o bar já deserto, o trabalho do menino que ajudava. Teria de sair logo, para buscar o peixe. Se fosse comprar no beco do lado, sujeitar-se aos preços da barraca ou dos balaieiros, era deixar que o arrochassem e perder o melhor do negócio. Por isso atamancava a lavagem da louça, punha tento em não se atrasar.

Afinal botou o chapéu e saiu para o sol, a caminho da ponte do peixe. Ia de cabeça baixa, o pensamento vagabundo andando ligeiro entre os pequenos sucessos do dia. Nada que valesse a pena lembrar. Mas ele era assim mesmo, tinha aquela mania de perder tempo com leseira. Melhor do que pensar na tabuleta nova, na féria que teimava em não subir, nos problemas que a falta de mulher trazia à sua casa. Não, afastava esses motivos de raiva antiga e mansa. Antes contar os riscos da calçada, a sombra dos postes, remoendo o que fora a manhã quase vazia.

Calor e suor. Bom seria ter ficado em casa, largado na espreguiçadeira, tirando a sua modorra. Gozando a sombra, a fresca leve que vinha da lagoa. Mas não, precisava ir, buscar o peixe e o dinheiro mais graúdo. Isso lá era vida? Trabalho duro, noite e dia. Pra quê?

Desviou-se de uma casca de banana, continuou pela calçada. Não adiantavam as perguntas. Sabia muito bem o que procurava, o certo era não esmorecer. Apressou o passo, um começo de sorriso, uma ponta de alegria no rosto largo. Foi quando o chamaram do armazém.

— Pra onde se bota, homem?

Respondeu que ia atrás do peixe e ficou um instante, dois dedos de prosa com Tonico e os outros. O assunto era Luzia, pegou logo no ar.

— Conversou com ela?

Audálio fez que sim, num aceno.

— Estão dizendo que é de curar tudo — sorriu Tonico.

O rapaz sem dentes ajuntou ciciando:

— É só encostar a mão na roupa dela e pronto, não tem ferida que aguente.

— Ferida tem ela, nas coxas — largaram.

— Só vendo, meu irmão — duvidou Tonico, um jeito acanalhado. E parando de rir, voltando-se para Audálio:

— Será que ela faz mesmo milagre?

— Sei lá!

O amigo insistiu, o vendeiro tornou:

— Como é que eu vou saber, homem? Não vi nada, não sou de andar na rabeira de beata. A mulher esteve lá em casa, disse uns pissilones, mas não tratou de cura nem de milagre. Falou só na sua romaria.

— Mas você não perguntou?

— Que perguntar, gente? A pobre estava acabando de chegar, não tinha dado um passo pra banda nenhuma. Eu nem sabia quem era.

— Ninguém sabe ainda — mastigou o sem dentes.

Audálio concordou e deu por encerrada a prosa, alegando a sua caminhada, o peixe bom que devia estar-se finando. Continuou pelo mesmo lado, paletó aberto, o ventinho de uma nuvem que toldava o céu claro esfriando a camisa empapada, arrepiando os cabelos do peito. Ora a santa... O pessoal não variava, sempre agarrado nela. Deixassem a coitada seguir em paz o seu rumo. Não valia a pena gastar cuspe em conversa besta, assim à toa, sem quê nem pra quê. Milagre nada, cura de lorota. Nem ferida, vejam só. Mulher daquela, limpa, grandona; tinha lá coisa ruim! Sem-vergonhice do povo, invenção.

O vento gostoso alisava a calçada. Audálio continua, nem vê seu Martinho, sobressalta-se com a mão que o tolhe.

— Mordido de cobra?

Vêm risos do banco da farmácia. Sorri sem graça, entra um minuto:

— Assim de supetão, dá pra assustar.

— Vai ver que ia pensando na mulher da cruz.

— Nem por isso, seu Martinho. Tenho mais em que pensar. O tempo anda preto, e a santa não me bota pra frente.

— É... Mas quem sabe, ela bem que podia lhe dar um palpite pra loteria. Peça, homem, quem sabe...

Cabral interrompeu o amigo:

— Brinca não, Martinho, a beata é séria. Ouvi falar de gente que foi pedir frioleira e saiu tocada aos gritos.

— É verdade — ajudou Audálio. — Ela esteve lá em casa, tomando café. Parece mulher direita, debaixo daquela maluquice toda.

De novo seu Martinho entrou na galhofa:

— Está pensando nas pernas dela, hem? Com ferida e tudo passava, não é? Ora se passava...

— Se eu fosse esperar por santa, ainda estava donzelo, seu Martinho.

Cabral não acreditava nas chagas:

— Ferida é bobagem do povo. Roncha vá lá, pode ser. Mas chaga ninguém viu, aposto.

O farmacêutico lembrou:

— E aquele frade, lá na Itália?

— Frade italiano está direito, se engole. Mas em mulher, e aqui nestes cafundós! Acredito não. Nessa história de religião a gente anda muito por baixo, não dá santo nem a pau.

— Homem sem fé — riu seu Martinho. — Não acredita nem em mulher bonita. Faça força, desgraçado, que assim você desmerece a sua raça.

Cabral teve um gesto feio, largou um palavrão, e começaram a falar em safadeza. Mais um pouco, Audálio se despediu.

Uns restos de conversa o acompanharam, transformados em imagens que afogueavam. Não sentia mais a aragem que soprava da lagoa, abrandando o sol quente, levantando a poeira da rua. A história das ronchas, que antes não lhe chamara a atenção, agora impressionava, ligava-se à figura da mulher alta, à sua voz mansa e rascante. Como seriam? Manchas avermelhadas, grandes, alastradas nas pernas morenas. Grossas pernas marcadas. E fortes, morenas, aveludadas por leve penugem. Afeitas às longas caminhadas, deviam ser nervosas e macias ao mesmo tempo.

— Só queria ver...
— Não dá jeito. Mulher pode, e até passar a mão.

Era ao bilhar que vinham as vozes. Audálio não teve dúvida, falavam mesmo de Luzia. E todos imaginando aquilo, de olho duro naquele pensamento. Ronchas vermelhas, pernas morenas, suadas. Passou o lenço no rosto. Mais adiante, à sombra do oitizeiro, duas velhas conversavam. Gesticulando, inclinando as cabeças para ouvir melhor. Era Luzia, tinha de ser Luzia. Não podia compreender as palavras, mas era. E as velhas estariam também preocupadas com as manchas, certamente queriam vê-las. A acreditar-se no diálogo que saíra do bilhar, poderiam até mesmo tocá-las. Audálio puxou um cigarro, acendeu, soltou uma baforada grossa. Como as pernas da mulher de branco. Apertou o passo, buscando a praça que se abria adiante, de repente sentindo uma quizila, um enjoo por aquilo tudo. Bandalheira ficarem assim com a pobre. Só pensavam em malandragem, porqueira. Gandaia.

A praça estava deserta. Entre os canteiros maltratados, o coreto se arruinava, esverdeado, escuro de limo. Deixou-o para trás, a caminho da ponte que avançava sobre a lagoa as tábuas pretas.

Lá no fim do braço rangente, o ancoradouro se alargava prendendo as canoas, povoado e álacre. Marchou pelas velhas pranchas movediças, olhando a água parada, os meninos correndo na lama, as casinholas que se alinhavam à direita, chegou ao meio do bruaá morno. Os canoeiros arrastavam em voz baixa o seu oferecido:

— Bagre bom está aí, patrão. Dos grandes, dos gordos.

Circulou a vista em redor e certificou-se: o melhor já saíra, uma pinoia que se demorasse na conversa, perdendo tempo. Tempo e dinheiro.

— Quanto é isso, mestre?
— Doze o quilo, meu senhor.
— Danou-se! Assim desmilinguido?
— A gente não pega o peixe do tamanho que quer. Mas pode tomar tento: maior não tem mais não.

Andou, virou, mexeu, não tinha mesmo. Voltou ao primeiro balaio, pediu contrafeito:

— Três quilos.

O homem foi pesar o bagre na balança enferrujada, embrulhou-o em jornal, recebeu o dinheiro, contando devagar. Audálio esperou, deu boa-tarde, voltou com o embrulho. Bastava para o gasto, ainda era mais do que negócio com balaieiro. No outro dia arranjava melhor.

Agora vai sossegado, gozando a fresca. Tem muito que fazer quando chegar em casa. Enquanto isso o moleque se arranja no balcão, e sinhá Firmina já deve estar lá, preparando o fogo, limpando as panelas. Dá vontade de sentar num banco, ficar zanzando ali na praça. Mas não, prefere andar em calma, voltar fazendo uma curva larga, evitando a cavaqueira da rua principal, ganhando as bandas da estação.

O sol preguiça atrás de umas nuvens. Audálio olha o céu, acha que pode chover. Se não está enganado, aquele azul escuro, acinzentado, lá no fim da lagoa, é sinal que não falha. Não sabe direito essas coisas, mas de tanto ouvir acaba se interessando, pensando também os seus palpites. Vá que chova, tanto se lhe dá. Quer é bater perna sem pressa, assuntando miudezas, a cachola vazia de preocupações. Não se lembrar de nada, nada. Nem da santa.

Uma gargalhada estridente o sacudiu. Voltou-se, deu com a Rosinha na esquina de baixo. A mulher desgrenhada ria o seu riso convulso, e sacudia em movimentos aloucados as latas que lhe enchiam o vestido. Rota, pé no chão, ela veio até Audálio, parou, calou-se, olhou-o de repente séria. Ficou assim um instante, a fitá-lo com um mirar esbugalhado. Então Audálio mexeu-se, abanou a cabeça. Ela compreendeu a recusa num desencanto que lhe transtornou o rosto sujo e vincado. Apenas um segundo. E explodindo em riso alto, de novo pôs-se a andar sacudindo as latas, fazendo figurações aluadas, como se puxasse as cordas de um sino e fosse rolando ladeira abaixo o repicar de um soluço distante.

Audálio ficou imóvel. A tarde perdeu o sentido, o gosto da brisa, de que vale caminhar agora? Vira Rosinha fazer aquilo com muitos, na sua frente. Sentira pena, mais nada. E por que esta sensação, este apertar de garganta, a tristeza e o andar arrasado? Não sabe. Vai seguindo, sem vontade, e então a figura de Luzia mistura-se à doida, ao seu riso estridente. Era isso. Não ficaria assim com o alucinado olhar pedinte, que já vira de perto. A mulher não convidava pessoas, não enxergava ninguém; ele não precisava imaginar que a sua recusa fosse magoá-la. Todos a feriam. O que importava, o que lhe dava aquele aperto, era a outra, a de branco, a que passeava as suas chagas pela cidade e vivia também na boca do povo.

Alheado, confuso, Audálio continua a subir a ladeira, mergulhado naquilo que tem o jeito de um pressentimento ruim. Não chega a compreender as razões de sua lembrança, desconfia dela apenas como de um agouro infeliz, que irá envolver a santa numa desgraça qualquer. O mudo convite, as manchas encarnadas, eram feridas esparsas que não seria capaz de ligar. E pensa em Luzia feita uma história de feira, cantiga de cego, daquelas que terminam mal e lhe deixavam um impreciso desgosto.

Vai lentamente. Na rua larga, uns homens arrumavam as fileiras de paralelepípedos, recuavam de cócoras atrás do calçamento. Audálio passou a olhá-los e não viu o menino, que sentado no batente da casa alta seguia o movimento dos trabalhadores. Rosto apoiado nas mãos, a criança entretinha-se com a tarefa morosa que viera da primeira esquina, subindo havia bem uma semana. A poeira fina envolvia tudo em vermelhaça nuvem esgarçada. E no meio do pó barrento, o menino seguia não apenas os operários — acompanhava os gestos de uma forma branca, que se desnudara cantando junto à cacimba, e brilhara à luz da manhã revelando o seu corpo molhado.

6

Peste, bouba, gota-serena. Dizer palavrão era alívio miúdo, que não lavava o peito. Mas Benvindo andava sem tento, mastigando a raiva, a cisma, aquela sua apreensão ansiada. Pensar, não pensava. Se estivesse de juízo menos quente, botava fim ao campear à toa, no meio dos casebres sombrosos. E voltava para casa de sinhá Nica, armava a rede, ia dormir. Fazer melhor não podia. Fechava certo um dia que entrara torto, dando tudo errado e perigoso. Nem percebia a escuridão em torno, o pretume que somente acabava muito além, na beira da lagoa. Fora de si. Quando se arriscar assim em terra estranha, meter-se naquele breu, lento caminhar por entre o mato, as palhoças, os torvos rumores da noite? Benvindo não sabia do que rondava perto; seguia dentro da sua preocupação, alheio, exaltado. O homem do cinturão, a velha sem dentes, a ausência de Luzia.

Desde o meio-dia perdera o cabresto: a história do negro, o prejuízo, a coisa de política fazendo medo. E depois o diabo da mulher banguela, a discussão na frente do povo, ela pegando a dizer fala de santo, ele sem poder rebater, não sabendo entrar no engrolado e tapar a boca da vitalina. Deixara impressão ruim, como se não tivesse miolo, fosse um guenzo fora dos trilhos. Vontade de conversar com Luzia, dizer que se precatasse, aquela gente não era de brinco não. Fora atrás dela, não encontrara: saíra para tomar fresca. Onde já se viu? Então ia bater perna no descampado, feita mulher-dama? Tomasse cuidado. Ele, de si, já podia contar: perdera em dinheiro, em pregação, não gostava daquele andor. O cinturão estava ali, apertando. E negócio de eleição é tempo esquentado, não casa direito com romaria.

Peste, bouba. Só mesmo dizendo besteira. Quem tem juízo não se mete a cavalo-do-cão, solto pela estrada, parando ao deus-dará. Sina de andarilho. Pra bem dizer, sempre tivera. Ofício de mascate, alma de galego, desde cedo correndo o mundo. Uns dez anos vendendo, tirando da mala o de-comer. Engenho, fazenda e cidade, moça-donzela, rapariga e dona, o baú no ombro, a lenga-lenga decorada, os golpes, e truques, e safadeza de enganar caboclo. Sertão com sol, canavial com chuva, chão vermelho, barro e massapé. Trabalheira feia, ganho minguado. Pentes, espelhos e voltas, chitas, morins, toalhas, vestidos e rendas. Venda arrancada, suada, sofrida. Um tiquinho de nada, ao fim do muito suar e da saliva gasta. De um lado para outro, comprando aqui vendendo acolá, e falando, e jurando que era, que sim, que podiam acreditar. Até que às vezes tinha saudade. Costume vem com o tempo, é coisa de repetir o viver. E tempo ele gastara, vivera muito, vivera dobrado aquela vida. Lembranças, como as de todos, boas e ruins. Dá para desconfiar, achar que destino manda, traça no rasto da gente um estirão que vai bater na cova. Se não, cadê motivo, cadê justiça desse caminhar sempre, desde o recovar de ontem à romagem de agora? Não, era vida escrita, estava no seu livro. E não valia a pena se arreliar, que amofinação tira o tino e deixa a cabeça vazia. Tocar pra frente, cumprir a sina. Podia ser bem pior, não deixar ao menos um gosto de lembrar, um caso de contar, um rosto, uma alegria, um sentir mais demorado. Sim, de tudo isso estava servido. Mas já dobrava os quarenta. E como não ter uma agonia de sofrer antigo?

Gota-serena. Benvindo já não descompunha ninguém, xingava macio e conformado. As recordações tinham varrido o travo do seu dia: ele seguia menos só, mais leve, ainda que o mesmo agouro lhe arrochasse os passos. Desembocou em frente à lagoa, parou, foi escorar-se numa pedra. As águas, os grilos, as vozes ligeiras da aragem. Só então viu a lua, cheia e leitosa, no céu sem estrelas. Esfregou as mãos, lentamente. Homem corrido e vivido, conhecendo léguas e léguas de terra, encafifar por tão pouco... Então aquilo era de enfezar, de humilhar um cristão? Sorriu. Não, era somente de deixar triste. E de avivar um receio vago, que o perseguia ultimamente. Quando chegara, bem não assuntara no casario espalhado entre a ramagem verdosa, aquilo viera de supetão: um receio, um medo, um pavor sem ter de quê. Agora pensava, cosia tudo lembrando com vagar, e parecia embicar no seu motivo. Era como se estivesse punindo por Luzia. A bem dizer, sentia-se o guia de suas andanças. E ele a trouxera até ali, escolhera aquele povo, terra velha e adiantada. Outros usos, pessoal diferente. Ainda ficariam dois dias, dormir e andar, dormir e andar, quanto poderia suceder! O cinturão apertando, a velha desdentada. E a politicagem nas faixas, na praça, na conversa do negro. Tinha razão do pressentir angustiado, de querer avisar Luzia. Mas que iria dizer? Contar do logro, da penosa discussão, do seu viver assustado? Arrimou um pé ao lajedo, olhando as águas calmas. O desconsolo era fundo, perdia a razão, o imaginar de Benvindo. Alguns minutos assim, cabeça oca, largado. Como num arrependimento. Como o fugir de um erro, um pecado, uma vergonha doída.

Mexeu-se, de repente alarmado com o silêncio. Noite cega, enorme, assombrada. Benvindo pôs-se a andar, picando o passo. E tremia, e suava, tropeçando na escureza do caminho de volta.

O pântano, a lagoa, o céu baço. Era o que adivinhava por detrás da folhagem, no cheiro, na marulhada, no clarão. Encostada ao portal, Luzia, de olhar errante.

A linha irregular da palha sobre as ripas e caibros. O vazio do terreiro, enquadrado pela ramaria baixa. Ao fundo, lá defronte, o vulto do mourão que sabia pintado de azul.

Olhava sem ver. Também não ouvia o bulício que faziam dentro de casa, apagando os restos da ceia. No seu alheado, nos seus braços caídos, apenas o morno da terra sentia.

Foi o que a chamou. E Luzia desceu o batente, pisou o chão do alpendre. Levantou a cabeça, querendo assuntar o tempo, encontrar o rosário de estrelas. Achou a lua governando a noite.

Roçar de folhas, seu andar na relva. Galhos, troncos, o negrume das árvores. Depois o alagado, que a picada estreita dividia, apartando o úmido bafio, as moitas quietas, o arrastar de bichos miúdos. Luzia seguindo. Olhos no carreiro, fofo estirar de caminho, que lembra uma fita de belbutina e vai buscar a lagoa. Lagoa de água parada, água brilhante. Espelho.

Espelho feito o açude, aquela tarde, no dia primeiro. Ficara também assim, olhando, a mirada presa ao vidro puro, doendo com o resplendor que o sol tirava. E dos longes, aonde a fieira dos morretes já penumbrava, veio chegando a voz e falou dizendo, mostrando, alumiando a sua estrada. Um destino que tinha as quatro direções, era norte e sul, ia do levante ao poente. Veria novos céus, novas terras, e muitas sandálias após ela entrariam na cidade santa.

Uma torre, uma furna, a igreja e as casas à beira do rio. A luz batia e a escarpa se virava em muro, alto e reluzente, com o brilho de tudo que é pedra preciosa. A cidade tinha a sua praça com árvores, os seus alvos carneiros, as suas lâmpadas acesas.

E a voz se fez mais clara, e vinha de dentro, e falou com Luzia, dizendo: "Não vai ter mais lágrimas, nem grito, nem dor, nem morte, porque tudo isso são coisas passadas." E ajuntou que ela partisse, e dizendo também espalhasse o prometido. E andando punisse os seus pecados, e contasse o porquê, e arrebanhasse o povo e cruzasse as portas da cidade santa. E que só então podia haver paz, e amor, e vida. E voltando para casa, Luzia deu de tudo isso o seu testemunho. E por ela juravam as suas chagas. E o vaqueiro Otacílio jurou que a cidade era o Bom Jesus da Lapa, e outros falaram também da sua torre, da sua furna, do seu rio de peixes. E veio o negro Jeremias trazendo a cruz. E Valério não dizia nada, somente ouvindo, sozinho no seu pensar. E eles deixaram a casa, o curral, a beira do açude.

Amor, vida. Na paz da lagoa, na brancura da lua, estavam ainda as coisas passadas. Luzia olhava as águas calmas. De dia turvas, à noite prateadas; enganosas, fingidas, camaleão como tudo no mundo. Por isso ia ao Bom Jesus, por isso buscava a sua cidade. Um lugar distante, um lugar difícil, mas onde ficaria a salvo de mudanças, encontraria o sempre igual do viver feliz. Para ela, para os outros. Os outros eram mais importantes, que ela tinha pouca valia, não desejava nem precisava muito. Amor, paz. Sua vida com Valério. Até ouvir aquela voz, até nascerem as duas chagas, não pensara nisso. Beleza, mansidão, terra quente. Mas a tarde caíra sobre todas as coisas, e elas se fizeram passadas.

O pântano, a lagoa. O rio, a corrente, os peixes — estavam marcados na sua carne. Marcados em sangue, como um pecado, uma sorte. E esse mandado não tinha conforme, nada perguntava à natureza, começara tirando Valério, agora mudo e só, mesmo que perto, mesmo que rente à sua sombra.

Luzia tem os lábios entreabertos. Ausente, os olhos despejados. Apenas os sentidos, e através deles vai ela penetrando a sua cidade, que é de cores vivas e nada, nem todo um rio poderia apagar. Jardim, leite, anel. Já despiu o vestido e lavou os pés. E nela não há mancha. Poço das águas, que refresca o dia.

Valério ao seu braço, amor, até que queira. E Luzia se apossa do sonhado, como aquela que acha paz.

Passos vêm vindo pelo caminho. Ela estremece, desencosta-se do tronco rugoso. Alguém está saindo do alagadiço.

— Luzia!

É a voz de Valério, o seu chamado. Luar novo ainda.

— Hem...

— Seu Benvindo quer falar com você.

Ela espera um instante, o rosto levantado. Mas ele não vê os seus olhos. E deixam a margem da lagoa, vão pelo atalho. Pântano.

7

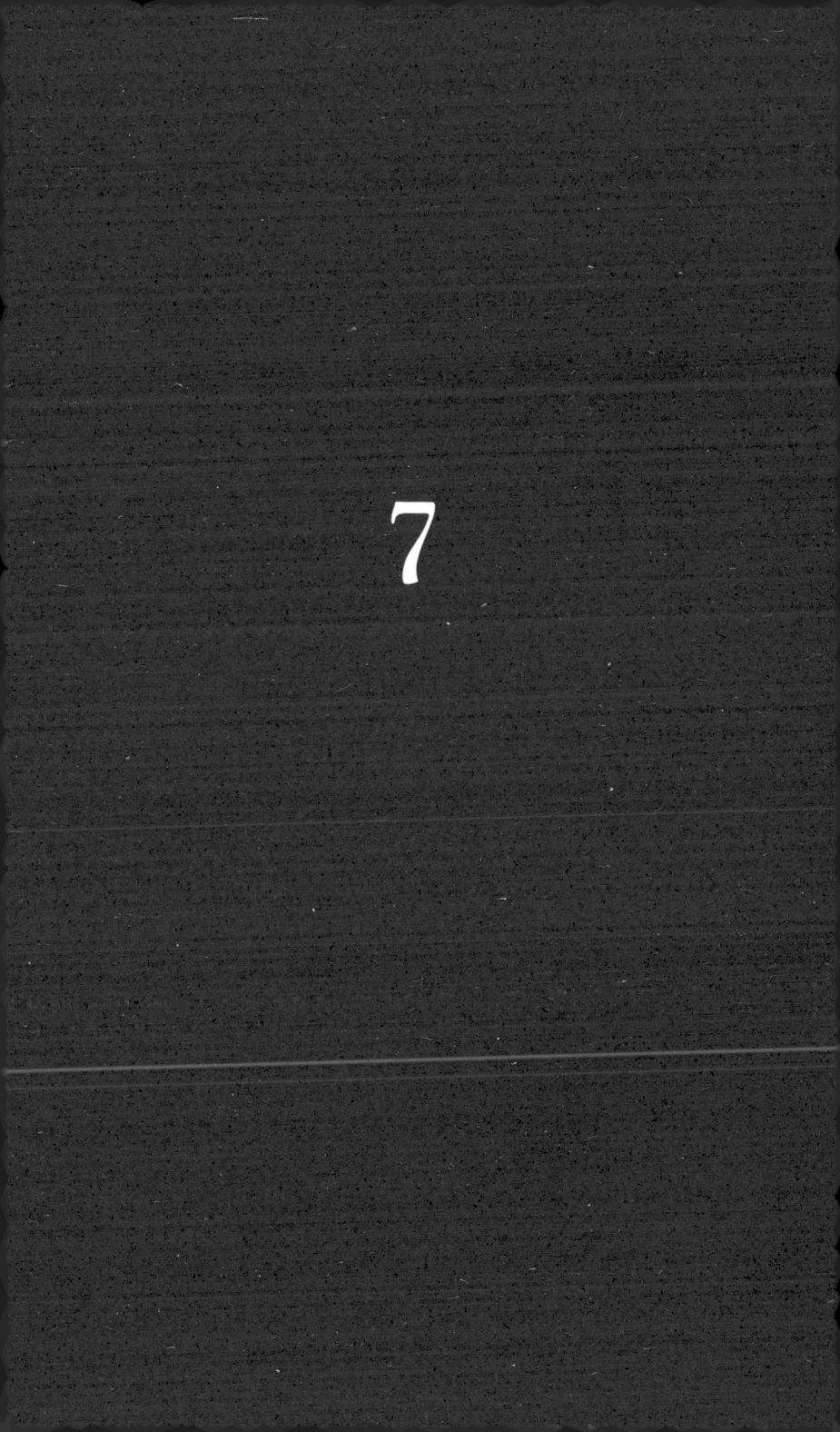

O cortejo avançava pela nesga de folhas e gravetos. No resto de tarde, o bafio palustre subia dos mangais, onde o vento arrepiava sucessivas rajadas de maresia. As lascas das barreiras, que o sol pintava de cores mortas. E os passos cavando no chão uma cadência abafada.

    Valério caminha à testa do grupo, que se move desordenado, ora em troços avulsos, ora na seguida procissão. A intervalos ouve as palavras do refrão monótono, surgindo isolado, engrossando ao acaso, afinal dando corpo à advertência: "quem tem ouvidos, ouça". Mas não presta atenção ao que Luzia vai recitando, prometendo, repetindo, às tiradas que arranca em voz nivelada e como a marcar o andar, o compasso, o ânimo dos caminhantes. Seus olhos se alongam na paisagem, correm as margens da lagoa, as meiáguas encardidas, os coqueiros nanicos, uns currais podres que adentram a água turva.

Calma. As pernas estão acostumadas ao que já não é esforço, apenas uma rotina, um cumprir diário. E aqui não padece o calor, segue descansado, livre de suor e poeira, como em domingueiro passear à beira do açude. Bonito lugar. Um pouco triste, um pouco sombrio, mas não podia querer em toda parte o mesmo sol, o mesmo azulão de céu limpo. Adiante vê um burro, as cangalhas, o homem na andadura sacudida. Sorri. Jeito esquisito de montar, feito calunga, se esbandalhando no desengonço. Cada terra com a sua parecença, o seu corte e feitio.

"Quem tem ouvidos, ouça."

Valério não tem, não está ouvindo. Pelas quinas dos montes, no sombrejar dos arbustos que marginam o caminho, a tarde esmorece, descamba esfriada. Mais com pouco é boca da noite, hora de entrar na cidade. Ainda não se acostumou, não sabe como pode escurecer tão devagar nestas bandas. Primeiro vem aquele céu ficando cego, penumbrado de azul forte, arroxeando no descer para as franjas que a mataria dos morros levanta; depois é o longo mudar-se em laranja vivo, amarelão sangrento, raiar de encarnados lampejos sobre as nuvens acarneiradas; finalmente brinca um pálido rosar, e de novo o azul, fechado, imenso, pouco a pouco se aleitando ao surgir das estrelas. Noite manhosa, cheia de artes. Lá em cima no sertão não tem disso, natureza de tocaia, se prevenindo contra a gente. O solão cai num alargar vermelho feito baeta, que vai-se aliviando, se prejudicando na cor e no tamanho, até amofinar de vez e morrer. É só. História de muita mudança foi feita pra lua, que míngua e cresce, é branca e vermelha, tem lá os seus mistérios, quer dizer tanta coisa...

"Quem tem ouvidos, ouça."

Vão embicando na rua, o caminho se abre e chegam as casas baixas, logo depois da mangueira bojuda. Benvindo se aproxima, agora os dois estão perto de Luzia. Gente na janela, meninos em volta, pessoas que se desgarram, deixam o sombreado das palhoças, engrossam o cortejo. Ainda com o pensamento longe, Valério segue olhando os vultos que se alinham de banda, procura destacar seus rostos. É o igual de sempre. Traços duros, sérios, um jeito de espantado silêncio. As bocas se afinam, presas na atenção e no respeito, as cabeças se erguem para a cruz de Luzia, atentas ao passar ronceiro, buscando as palavras que ela sabe dizer.

"Quem anda no escuro não sabe para onde vai."

Estão atrasados, mas chegarão à praça grande antes da noite. O chão não é mais de folha e gravetos, não é mais de areia; virou terra socada e firme. Com mais um pedaço e será de calçamento, correrá entre casas boas, já dentro da cidade. Então Valério encontrará sorrisos, abanar de cabeças, um modo estabanado e descrente. É sempre assim. Em qualquer lugar, em todo fim de mundo, o povo miúdo tem fé, o povo enricado só tem lordeza. Acostuma e dá pena. Caminhar tanto, falar tanto, e ainda encontrar gente mouca. Uma lástima. Se andar é tarefa de endurecer calejado, ver aquilo é de amofinar sem remédio. Já reparou que lhe dá um triste, assim misturado, como se a sua arrelia fosse pelos outros, por ele, por Luzia também.

"Cada um pegue a sua cruz e venha atrás de mim."

Bem junto dela. Vê as suas costas, o amarrotar do vestido sob a madeira escura, a mancha de suor. Baixa os olhos. As passadas de Luzia animam-lhe o corpo, movem-se livres, decididas, e têm ao mesmo tempo um encolhido tremor animal. O branco da fazenda se distende, se franze ao cair sacudido. Valério estremece, baixa mais os olhos. E pisa no chão o vinco deixado pela cruz.

"Feliz de quem tem fome, porque vai se fartar."

Adiante, o começo da rua principal, subindo, subindo sempre. Mais um pouco e vencem o correr de casas, pintadas a ocre, erguidas sobre a calçada alta. Na esquina, o primeiro sorriso. Logo depois, a doida que aparecera de véspera, com a roupa cheia de latas. Acompanhou-o algum tempo, e Valério teve de conter-se para não apressar o passo. Quando ela parou e distanciou-se, limpou o suor do rosto como se quisesse apagar os seus olhos grelados, o tinir que a blusa enfunada fazia. Ainda podia ouvi-lo, agora vindo lá de trás. A mulher o devia seguir de longe, com a macaquice do seu andar pulado, a mão suja avançando, pedindo.

Ainda bem que estavam perto. De repente viera uma impaciência, um crescido vexar, e Valério ansiava por se achar na praça, ouvindo a pregação de Luzia, perto do acabar-se da sua jornada. Faltava pouco. O quadro se alarga defronte, com as árvores, as faixas, o coreto deserto. Agrupa-se o povo na sua entrada, entregue à cavaqueira, banzando à toa, aguardando o cortejo. Sente que os esperam e mais se aproxima de Luzia. Rente a ela, com o cheiro de suas palavras e Benvindo a ajudá-lo, fura o magote de curiosos abrindo caminho para os romeiros.

O acompanhamento engrossou. Crescendo sobre as vozes que povoam as calçadas, o refrão de Luzia desdobra-se, avoluma-se no bater repetido, ecoa pelas guinas do largo. É como um aviso, um brado que se rompe em latejante alarido.

"Árvore ruim a gente corta e bota no fogo."

Ruim, corta, fogo. Valério anda ao compasso daquele cantar, que de longe vem nos seus ouvidos, que ele tem ouvidos para ouvir e ouve. Mas não sabe o que diz a cadência ronceira, não se detém a pensar, nem guarda as palavras que a mulher desfia a rezar o seu rosário exaltado.

"Os cestos bons a gente guarda, os ruins joga fora."

De novo o embalo das vozes, se atropelando no coro atordoado. Lá do fim, durante um segundo reponta o modificado e rouco desacerto. À frente, Valério não descompassa com o esgarçado seguimento, parece que dentro dele há um cadenciado balançar preso à boca de Luzia. Caminha no seu bordão. E todavia ele vai tresmalhado, extraviando-se a olhar pessoas, coisas, os sombreados da praça. Rostos frios, rostos pensativos, e muxoxo e medo e sorriso. Por que temer, por que mangar? Um desbarate de faixas, dinheirama grossa, medonha, pendurada nas árvores, nos postes, se mexendo no ar. Reclame de eleição, reclame de homem. Fcio cra isso, fcio era anúncio de gente. Pelos afastados, pelos escuros das ruas que desembocavam no quadro, a noite avançava suas nódoas de treva.

Cruzaram a praça, entraram no aberto da cadeia. Valéria teve um aperto de coração, baticum medroso, descompassado, chegando até a garganta. À esquerda, sob as primeiras luzes que se acendiam, o povo reunido no comício, ouvindo o discurso, aplaudindo, fazendo zoada, bem umas quinhentas pessoas.

"Quando um cego guia outro cego, os dois caem no buraco."

Luzia desviou-se para a direita, a sua comitiva seguiu-a. Em silêncio, em muda procissão, que somente deixava na areia um leve arrastar cauteloso. Do palanque, a voz se derramou forte por cima da assistência agora calada, veio até os romeiros, fez com que eles se voltassem e pusessem reparo naquele rol de gente. Os de lá botavam também sentido nos que chegavam. Entre os dois grupos, a gritada arenga do homem e cinquenta passos de terra.

A bem dizer, encostaram-se num canto. Luzia encontrou o cepo, subiu nele, Benvindo e Valéria de junto. Os romeiros se apertaram em frente, calados. Ficaram um pedaço à espera, nos ouvidos zumbindo a fala do orador. Até que Luzia arrimou a cruz ao tronco da árvore, levantou os braços e começou:

— É chegado o momento, meus irmãos. Quem tem ouvidos, ouça. O Senhor me mostrou o caminho e disse que eu andasse. Disse que penando eu punisse meus pecados, que andando eu purgasse minhas ruindades, que andando eu entrasse no Bom Jesus da Lapa. É chegado o momento, meus irmãos...

Valério ouvindo, em guarda atenta. Olhos muito abertos, girando pelo oco do largo, reparando defronte e de banda. Agora viera a calma, feita da necessidade de zelar por Luzia. E observava a praça, seu rumor e movimento.

— Ninguém bota remendo de pano novo em vestido velho, porque semelhante remendo destamboca o vestido. Foi

Deus quem disse, para ensino de todo o mundo. E avisou também: tire primeiro o cisco do teu olho. Assim a modo da gente reparar nas suas mazelas e encontrar o caminho da salvação. Por isso é que eu vou repetindo, para alumiar os que estão precisados. É com reza e andança, com dor de arrependimento, que a gente garante a felicidade. Olhem bem, meus irmãos, quem tem ouvidos ouça: os cabelos de suas cabeças estão todos contados.

Não sabe por que, Valério não gosta do falar de Luzia. Parece que ela vai lembrando as coisas atabalhoada, sem alinhavar direito, apressada e confusa. Ou será impressão? Talvez sim. De qualquer forma não poderá afirmar, pois nunca segue bem as suas palavras. É possível que o nervoso seja dele, venha do falatório ali ao lado, do povo que se mexe na praça. Será? Ouve mais um instante, e certifica-se quase: a cadência, o jeito, a lição, tudo em Luzia mudou.

— A quem tem, dão sempre mais; a quem não tem, até o que não tem levam embora. Por isso é que eu digo e repito, por obra do Senhor Deus: quando chegar no Bom Jesus, acabou-se o tempo de penar e cada um vai ter a sua paz, o seu bocado de glória. Quem tem ouvidos...

Cadê os exemplos? E aquelas comparações? Bastava falar como vinha fazendo pela estrada, a bem dos outros irem repetindo. Tudo coisa bonita e solfejada, de cantar na alma dum cristão. Se esquecera? Não, não era possível, que todo santo dia manducava naquilo. Então por que o descosido? Valério se estranha, os olhos de um lado para outro, atenção grudada na oração da mulher.

— A Deus, nada é impossível.

Benvindo dá um passo, outro. Sem refletir, Valério faz o mesmo, avança. O outro lhe diz num mover de cabeça o seu receio. Da rabeira do comício, um grupo sai e vem-se aproximando, vagaroso, como a ouvir a fala de Luzia.

— Comigo é sim, sim; não, não.

Valério tem os olhos fixos naqueles homens. Eles chegam ao fim do ajuntamento de caminhantes, vêm costeando, vêm vindo por fora, ficam ali de banda. Bem perto, bem uns oito. Não pode ver as caras, escondidas na sombra. Mas não é preciso, já lhes sente a má intenção, a vontade de fazer banzé, de acanalhar a pregação de Luzia. Por isso os dois a protegem, estão à sua frente, quase ombro a ombro, guardando seu mandado, sua reza, seu rosto de crispada brancura.

— Quem tem ouvidos, ouça...

A voz interrompeu gritada:

— Acabe com essa conversa fiada!

Luzia parou. Valério espiava o grupo, esperando. Benvindo aguardava também.

— Quem tem ouvidos...

— Ouça nada! Isso é besteira!

Benvindo caminhou para o magote de arruaceiros, Valério seguiu-o. Ao se aproximarem, já não podiam vê-los: estavam dispersos, misturados ao povo, em momentâneo silêncio. Ficaram um instante por ali, tentando encontrá-los. Era bom falar com eles, pedir respeito, que não atrapalhassem, fossem embora e os deixassem em paz. Ainda uns segundos a procurá-los e deram as costas, vieram para Luzia.

Foi quando a briga estalou. Rixa feia, com murro e palavrão gritado. Benvindo correu para o bolo, Valério parou indeciso, sem saber se devia ir ou ficar com a mulher. Virou-se, ela calada, rosto branco. Foi. Abriu caminho entre o povo embolado, correndo, um banzé de muitos rolos e zoeira forte. Onde andava Benvindo? Acreditou vê-lo adiante, metido numa roda apertada, o braço no ar. Marchou para ele, aos trancos, desesperando de chegar a tempo e ajudá-lo. Um tiro pipocou. Tiro? Seria tiro? Estacou surpreso, voltou-se, tentando localizar a árvore de Luzia. Ali, à esquerda. Os encontrões da correria, o escarcéu dos gritos. Não pensa em nada, não deseja nada a não ser varar aquele mundaréu, alcançar o canto da praça. Mais tiros? As mulheres endoidecem, todos passam numa carreira só, cruzada, rodopiante, sem rumo. Ele também está abobado, surpreso na sua agonia. Por que demora tanto para voltar? Força caminho, um esbarrão quase o derruba. Apruma-se. E continua, bambo. Demente, danou-se tudo, amalucaram todos. Acerca-se da árvore e não vê Luzia. Um baque no peito. Onde andará, por onde andará? Chega mais perto. Ali encostada está a cruz, debaixo está o cepo.

— Luzia...

Corre para ela. Deitada, caída. Abaixa-se e levanta a cabeça da mulher: olhos fechados, rosto calmo, o bentinho, o trancelim de ouro. Então vê manchas no vestido branco. Escuras, miúdas, são encarnadas e escuras. Toca as novas chagas de Luzia, mornas. Retira os dedos trêmulos.

8

— Mataram a beata! — anunciou o homem entrando, correndo o ferrolho.

— Mataram quem? — gritou a pergunta da mulher.

— A beata, a mulher da cruz.

— Que é que você está me dizendo... — apareceu Clarinda surpresa.

— Pois foi. Ainda agorinha mesmo, lá na praça da cadeia. Saiu um fuzuê perto do comício, o do coronel, choveu bala e pancada, os romeiros pegaram as sobras. Três tiros no peito, lá nela.

— Morreu muita gente, meu filho?

— Nem por isso. Diz que foi só ela.

— E já se sabe quem matou?

— Nada! Quando a polícia chegou, aquilo por lá estava um deserto. Só encontraram os dois acompanhantes da mulher.

— Coitada... Agora não pegam mais, o desgraçado rompeu no mundo, soverteu-se. Pobre da beata... Vai ver que foi povo do coronel.

— É capaz — suspirou o marido. E ajuntou: — Prenderam os dois romeiros.

— Os romeiros? Hum... Essa história não está me cheirando bem.

Seu Macário vinha pela calçada, avistou o dr. Bezerra:

— Então já sabe, doutor? Fuzilaram a mulher da cruz.

— Verdade. Ouvi neste minuto.

— Sujeira grossa, hem?

— Homem, eu não sei de nada.

— Não sabe? Não viu o que eles querem? Vão botar a culpa no pessoal do coronel.

— Não estou entendendo, meu amigo.

— Que é isso, doutor! Está claro feito água. Todo o mundo vê logo, é safadeza. E bem em cima da eleição!

— Sei lá, seu Macário. Vivo no meu consultório, não entendo nada dessa mexida — sorriu macio o doutor.

— É pena, é pena. Assim a gente acaba perdendo o seu voto. E essa cambada continua, Santa Luzia continua no mesmo.

— Não sei, meu amigo. Eu só penso no meu trabalho.

— O doutor está brincando! — largou seu Macário exaltado.

— Não senhor, é verdade — insistiu o outro. E calmo: — O senhor devia pensar também no seu.

— Hem? Ora essa! Eu não me vendo, não me vendo, doutor. Falo, grito, digo o que bem entendo. Se quiserem que me demitam. Até logo, boa noite. É isso mesmo, doutor, passe bem. Se quiserem que me demitam.

O menino deixou o batente e foi para a saleta:

— Mãe, que é que fizeram com a mulher?

— Que mulher, meu nego?

— A mulher da cruz, aquela que o povo contava.

— Nada não, meu filho. Por quê?

— Estão dizendo que mataram ela.

— É? — a mulher parou de costurar, perguntou depois: — Quem foi que disse?

— Estão dizendo, mãe. Que foi lá na praça, que foi com tiro.

— Mentira — disse a mãe, vendo a agitação do menino.

— Mas estão dizendo, mãe.

— Bobagem, meu filho.

— Que foi que ela fez, hem?

— Nada.

— E por que mataram ela?

— Não sei, meu filho. Deve ser mentira, não iam matar a pobre da infeliz.

— Por que é que ela é infeliz, mãe?

— Por nada. Vá brincar, meu filho, vá brincar.

No oitão da igreja, padre Acácio conversando:

— É uma infelicidade. Quanto a isso de que foi mandado, não acredito. Foi mandado mas é de Deus.

— Por que, seu vigário? — quis saber o Miguelino.

— Ora, então você não vê? É punição, era sina dessa coitada. Tinha de acabar assim mesmo. Quem muito procura, sempre acha. E ela vivia provocando a religião dos outros.

— Mas o senhor pensa que foi coisa de religião?

— Homem, não sei. Mas penso que foi coisa que estava traçada. Ela andava por aí gritando, discutindo, atenazando a paciência de tudo quanto era cristão. O castigo vem a cavalo. Mais dia menos dia tinha de acontecer.

— Pois, seu vigário, eu não achava que a pobre fosse ruim.

— Mas eu não estou dizendo isso, meu caro. Era aluada, tinha o miolo mole. Mas que era perigosa, não tenha dúvida. Como já disse o senhor bispo, é preciso ter cuidado com as crendices. E ela estava botando muita confusão na cabeça do povo.

— Sei não...

— Ora, meu amigo! Não pense que eu não tenho pena. A piedade cristã mora no coração da gente. Mas uma coisa é a pobre de Deus, outra a sua obra infernal — disse benzendo-se.

— É... — fez o Miguelino, pensamento longe.

— É uma infelicidade, lá isso é. Uma infelicidade.

Iam começar a partida. Luís engizou a ponta do taco e disse:

— A morte dessa beata não me sai da cabeça.

— Também, meu velho, ainda não faz nem três horas que acabaram com ela...

— Não é isso não, que eu não sou de ficar impressionado. É a miséria deste lugar, coito de capanga. Terra mais desgraçada.

— Já fizeram pior.

— Fizeram, eu sei, mas quem é que se acostuma? Matar uma pobre de Cristo, que não fazia mal a ninguém. Só mesmo dessa penca de vagabundos, corja mais assassina. Peste de taco ruim. Vai assim mesmo.

— Errou.

— Azar. Pobre da... Malvadeza, peste de lugar.

A moça parou no portão, calada. O rapaz segurou-lhe o queixo e olhou-a nos olhos:

— Que é que você tem, meu bem? Pensando naquela mulher?

— Era — sorriu, meio constrangida.

— Não se amofine, minha flor, que não vale a pena.

— Oh, não sei como você pode ficar tão indiferente!

— Indiferente, eu? Sou não.

— Não é! Você ficou endurecido, taí.

— Vá lá, um pouco eu fiquei. É o remédio.

— Mas é triste — disse a moça. E num repente: — Vou entrar.

Na esquina da praça, o outro perguntou a Audálio:

— Você conhecia mesmo, falou com ela?

— Se falei? Eu não estou dizendo! Conversamos um pedaço, um tempão, ali na venda. Ela, mais o marido.

— Pois me conte, homem.

— Contar o quê?

— Como era ela. De longe, não dá pra ver direito. Bonita, hem?

— Ora, gente! Acontece uma coisa dessas e vem me perguntar da boniteza da mulher? Tem lá cabimento!

— Não se afobe, seu Audálio. Conte isso. Era mesmo boa?

— Tome jeito, homem! Você um pai de família, devia ter juízo. Devia se lembrar do crime e da beata, não da figura, do corpo da mulher.

— Lorota, seu Audálio. Estamos entre amigos. Vá contando. Viu as chagas, viu as pernas dela?
— Acabe com isso, senhor! Eu vi lá coisa nenhuma!
— Mas você falou com ela, seu Audálio, conversou...
— Que diacho! Não vi nada não, pronto.
— Espere aí. Me diga uma coisa, ao menos uma, homem de Deus. Era bonita mesmo?

Uma pausa. E Audálio disse afinal, em voz baixa:
— Beleza...

Calçadas, ruas, casas. Gente. Em grupos, aos pares. Gente no sereno, gente a portas fechadas, mas falando, contando, dizendo:
— Vão descobrir, eu sei. Um horror desses não pode ficar assim.
— Descobrir é fácil, querer é que são elas.
— Menina, foi ver essa infeliz e ter um pressentimento ruim, uma coisa que me dizia...
— Pra mim também não foi surpresa. Eu bem que estava de olho nessa história de política, bem que estava maldando...
— Não sei, mas eles precisam ter mais cuidado. Os tempos viraram, veio o progresso, hoje o povo não engole uma dessas.
— É o que eu digo. Ou mudam o andor ou Santa Luzia não vai pra frente.
— Uns bárbaros, minha filha. Matar a mulher assim no meio da sua falação...
— E dizem que ela estava era falando em Deus, na vida eterna.
— Que é que você acha: foi o major ou o coronel?

— Perguntinha besta, seu! Então o coronel ia fazer isso em comício dele? Não tem errada, foi o outro. Mas eu não dou um tostão furado pelo coronel nessa eleição.

— E tão linda, os cabelos tão compridos... Parecia uma santa.

— Santa ela era, coitada, de tanto penar.

— Veja bem o que eu estou dizendo: essa mulher vai dar muito o que falar.

— Nem se discute. E a oposição? Não dou três dias e o governador está por aqui.

— Nossa Senhora das Dores! Não está em mim saber uma coisa dessas. Se bulir com penitente é pecado, matar o que não será?

— É de curtir inferno, dona. Eu por mim vou rezar pra ela, que não precisa, mas pode ajudar a gente.

Longe da cidade, um cachorro late no terreiro. Negro Vitalino para, descansa a mochila, olha em redor. É lá mesmo. Fica um instante assim, ofegando, que já perdeu o costume de caminhar. Parece mentira, mas até nervoso ficou. A correria, os tiros, a mulher caída. Frege do inferno, negócio atrapalhado. Será que está velho? Sorri, sacode os ombros. Ainda nao nasceu muito moço pra fazer o que ele faz. Ali no escuro, distende os braços, um torpor de cansaço. Não, deve ser preguiça. Desgraça de homem é amofinar, enferrujar com trabalho de fêmea. Dava nisso. Agora então, nem se fala, é que ia engordar. Ficar de molho, sumido. Era o jeito. Enfim, não adiantava se queixar, podia ser pior. Apanha a mochila, dá uns passos. De novo o cachorro latindo.

O dono da casa sai, olha o vulto junto à porteira da sitioca, ouve o grito:

— Prende essa peste, compadre!

— É você, seu Vitalino? Venha vindo. Não tenha sobrosso, que esse diabo não morde.

— Homem precavido...

— Faz bem, compadre, faz bem. Mas não me dirá o que anda fazendo por aqui, e a estas horas?

— Tem tempo, compadre — responde o negro. — Antes vou arriar os ossos numa cadeira, comer, estirar as pernas.

— Vem de longe?

— De Santa Luzia mesmo. É uma estirada boa.

— Se é! Duas léguas, no contado. Mas diga, homem, que é que anda fazendo neste buraco?

— Aguente mais um tiquinho, compadre. Você até parece mulher!

— Vamos entrando, vamos.

— Fico por aqui uns dias, comendo o seu pirão.

— Põe-se mais água, homem. Entre. A casa é sua, esteja no seu à vontade.

9

Malinidade, Luzia, fazerem isso com você. Foi de raiva odiada. De tiro, de bala, ô vida tirana de sorte danada, me levaram você. Não deixaram eu ficar nem seguir, não sei onde seu corpo botaram, sua cruz enterraram. Sofrer penado infeliz, desdita de chorar esquecido. Largaram este pobre aqui martirizado, bem defronte da praça, do lugar onde estava a poça no chão. É de gente ordinária, é de gente malvada, bulir assim com o desgosto de um homem. Luzia eu não olho. Não vejo a calçada, o canteiro, a areia, não vejo aquele tronco pendido, não quero padecer vendo o seu vestido melado com as chagas de você. Fechado nesta cela, me lastimando calado. Tapando o rosto, cobrindo as lágrimas, escondendo o abate da minha cruz, Luzia. Como você, por seu mandado, eu crucificado, pregado, numa aflição magoada. Ofensa, agravo, desconsideração.

Cambão de boi, cambau de ovelha, vida cambembe, tudo de cambulhada. Me tiraram você. Foi o pior do cruel, o perverso, o malefício detestado. E mais que haverá de maginar, Luzia, esse povo não encontrava tanto fel, tanta desdita pra me dar. Perto disso, perto do seu acabar, até nem tem razão a vergonha de estar aqui socado, no meio das grades. É soberba. É não se lembrar das coisas, do nosso tempo de antes, do bem-querer que foi lá em cima, o gostar de nós dois, o gostar de viver de nós dois. Malenconia, Luzia. Se não fosse o acontecido, não viessem essas pestes, essas piranhas comendo a minha alegria, um dia eu ganhava o gosto de voltar. Voltar pra lá, de novo no chão da gente. Se lembra? Então não é de lembrar! Ninguém pode esquecer o bonito daquilo. Tão bom de morar, tão bom de passar, e depois se apagar, soverter, de saudade finar. Tinha de suceder. Eu malsinava, eu me iludia, desengano de tudo é fingir que não morre, pra mais tarde doer, se acabar de chorar. E estava tudo condenado. Não era mesmo, Luzia, não estava escrito? Parece que eu vejo o começo, o botão, o pinote da vida. Sinto o cheiro do estio, o carrasco das palmas. O campo gretado, mofino, a seca alastrada. Mas já vinha em remate. A primeira água desceu, pé-de-pau floriu, plantação grelou, chuva abençoada. Você andava se rindo, que nem eu, que nem os outros. Vontade da gente era a terra feliz. O resto se conserta, endireita sozinho, é miséria miúda que não tem valia pensar, vira felicidade também. Tudo no alegrão do contente. Então apareceu aquilo, não foi? Você dizia, explicava, mas não era de acreditar. Por que se fechar na camarinha, três dias corridos? Só depois veio a resposta: suas manchas, as suas chagas. Tinha de se respeitar, Luzia. O acreditado vem ao depois do provar. E aquilo era aviso, era marca sofrida. Você queria, você devia, você tinha de anunciar. Mas não me dirá por que sair pelo mundo? Eu não falava, não queria influir. Por que romeirar? Sei não, minha santa, não sei. Era esse o meu pensamento, a minha pergunta de todos os dias. Não bastava conversar com o povo de lá, aquela paragem correr e aos nossos pregar, não bastava isso não? Já era tão pouco o ficar ao seu lado. Vaqueiro Otacílio, negro Jeremias, acharam que não. Vieram com o livro, vieram com a cruz. Bíblia e madeira, voz e figura, diziam que era o querer do Senhor. Então era, Luzia? Perdoe meu duvidar. Estava riscado, eu sei. Mas não posso esquecer deles dois, os olhos vermelhos de seu Otacílio, o pretume do vulto de seu Jeremias. Tal e qual ver a cor do diabo, os olhos do fute, o vulto do bute, perdendo você. Conselho tinhoso, diacho de sina. Conversa e leitura, todo o santo dia: o vaqueiro ficava, com o livro sentado, querendo o sinal, encontrar seu caminho, Luzia. E o bruxo do preto, abanando a cabeça, ao lado esperava. O cão deles dois. Excomungados. Foi você resolver, foi a romagem sair, e na primeira curva eles ganharam o mundo. Laia de serpente, raça muito da ordinária. Não fique triste de eu falar assim, tem gente boa, tem gente ruim, vasilha podre era a deles dois. Precisava tentar? Eu me perdi, Luzia, você se perdeu. A miséria caipora principiou na estrada. Até me arrepio de lembrar, calafrio, tremura de febrão. Você andando lá na frente, longe, cada vez mais longe. Eu ia de perto, mas nem parecia. O povo em redor, falando, lhe vendo, ganhando você. E eu sempre calado. Para trás, afastado, comigo metido. Suas juras e rezas, sua voz avisada, sua paz prometida... só para os outros, só dos infelizes. Era você que dizia, Luzia. E não me disse palavra, eu o mais desgraçado, o mais padecente. Ô vida estragada! Não se lembra? Olhar não olhava, quem dera o falar. De medo? Era não, que você sabia meu jeito, meu fraco, o não saber negar a você. Perdição de mim. Devia fincar pé, armar barulho, gritar que não, que lhe queria, que não queria largar de você, ficar sozinho neste inferno. Mas não tive coragem, santa. É da minha natureza, sou um pobre coitado que não podia contrariar, pensava ofender, tinha medo de chamar desgraça do céu. Desgraça maior, santo Deus! Eu é que sei, eu é que sabia, Luzia. Você não foi-se embora de repente, ficando uma dor de saudade. Você foi devagarinho, me deixando, me fugindo, me largando nesse penar desadorado, matadeiro. Agora então. Tudo se acabou, findou, terminou, pronto. Não quero ver o lugar, não sei, não quero saber onde caiu você, de onde levaram você, pra que banda, que lonjura perdida. Não, não é de vera. Querer eu queria, mas não me deixaram, e de que serve, Luzia? De que serve eu saber, se agora é o final derradeiro? Antes eu podia viver iludido esperando, ansiando o meu dia. Mas hoje... não tem dia, não tem noite, nem tem viver. Viver sem você, Luzia! Eu sei o que é, eu provei o amargoso. Estar de junto e não ter, estar feito dono e não ter, não ter nunca, não ter. Que mal fiz eu, diga? Precisa não, minha santa, bem que eu sei. Não foi sua culpa. Obrigação era minha, de zelar, defender, não deixar que fizessem isso com a gente. Não deixar que você fosse de caminhante, Luzia, não deixar que você se arredasse, de lado me botasse, e depois se perdesse. Me perdesse também. Sua companhia, seu rosto, sua voz, isso tudo perdido, desmerecido para nunca mais. Estou naufragado, estou sem remédio. Nem esperança, o esperar de lhe ver naquilo de antes, o pensar que tornasse a vida de antes, não tenho não. Isso é lá vida, Luzia? Então é vida me arrastar sozinho? Como posso voltar, como posso morar com a saudade de você? Na sua falta andar, na sua falta plantar e colher, então eu posso? Está vendo o que você fez? Reparou, botou sentido? Que vai ser de mim, que é que eu vou fazer? Vou sair sem destino? Pois se foi meu destino, se foi minha sina, partir ao deus-dará e assim lhe perder. Luzia, Luzia. Que é que eu vou fazer? Me diga, Luzia!

10

O prefeito acabara de tomar o seu café e seguia para a repartição. Fazia meia hora, se tanto, que recebera o telegrama do governador. Um pedido de informações sobre a morte da beata. A linguagem oficial não disfarçava nada, podia-se ver nas entrelinhas a apreensão do homem. Seu Oliveira ficara também preocupado. O primeiro impulso fora tomar um carro e bater para a capital: num instante desfazia a história. Mas pensando melhor achara preferível conversar com o delegado, ouvir a opinião de dr. Henrique ou de major Bento.

Passara a noite em claro. Sabia que era impossível dormir nas vésperas de eleição, os dias correndo agitados, viagens, discursos, o cansaço das palestras intermináveis. Trabalho penoso, manhoso, de ficar assim com os nervos à flor da pele. Quanto invejava dr. Henrique, major Bento, incapazes de um destempero, frios de tão serenos. Por mais que fizesse, não conseguia a metade daquela calma. Também eles não se arriscavam, podiam viver na água morna. Juiz, chefe político, um mandado pelo outro, os dois se auxiliando, se disfarçando, trabucando escudados. Não via o negócio da santa? Coisa do major, não havia engano. Coisa de admirar, não havia dúvida, que um golpe daqueles era de tino e valentia. Porém seu Bento jogava seguro, não perdia vaza. Tinha dr. Henrique para arrumar a lei, tinha ele para responder na prefeitura, podia ficar em sossego.

Lerdo, pesado. Não se acostumava. Em dez anos de política, seu Oliveira não resistia a uma noite sem dormir, a urna tensão de parado esperar. Agora o telegrama do governador servia de escapatória. Podia mexer-se, procurar gente, fugir à calmaria aparente que se seguira à morte daquela mulher. Evitar novos arranjos, novos acordos, afinal sair para encontros a descoberto. Agir, afinal. Não era do seu feitio o ficar na sombra, o aguardar passivo, o tranquilo cachimbar de major Bento. Fosse não acertar os paus, não armar a trempe direito, dava tudo em água de pote. Perdiam a eleição e o resto.

Mas não devia se precipitar. Besteira viajar para a capital, meter-se com o governo. Era gastar seu tempo, era um perigo deixar agora Santa Luzia, bastava escrever uma boa explicação. Na mesma língua arrevesada, que dr. Henrique sabia. Quando ouvisse a história da sua banda, com resposta para toda pergunta, o homem se aliviava. Estava longe, não tinha nada a ver com aquilo. Entendia do riscado: o governador queria era mesmo passar a responsabilidade adiante, lavar as mãos do assunto. E seria atendido. O processo já estava acertado, com todos os ff e rr, dentro das regras. Diria isso em telegrama e ponto final.

Soneira braba. Venceu o bocejo e entrou na prefeitura. Mais com pouco e o delegado estaria chegando, para informá-lo das últimas passadas. Sujeito azougado, mas prevenido. Seu Oliveira está quase tranquilo. Almoçará com dr. Henrique, depois receberá major Bento em casa. Todos avisados. Tudo se arranja, é ter calma, não se avexar. Abre a porta do seu gabinete, o secretário cumprimenta:

— Bom dia, doutor.
— Bom dia. Alguma novidade?
— Sim. Tem um homem aí, um jornalista.

Seu Oliveira estremeceu:
— De onde?
— Da *Gazeta*. Chegou ainda agorinha, pelo trem.
— Hum...

Sentou-se, estendeu as pernas, tamborilou os dedos na mesa:
— Mande entrar. Não... Espere um pouco.

Esteve um momento pensando, juntando frases, procurando um rumo. Tolice. O certo era mencionar o processo, trancar-se. Fez um sinal para o secretário.

Guedes acha que tudo anda bem. Se tivesse corrido à prefeitura, o caso ia ser um não acabar nunca. Seu Oliveira bulindo aqui, acolá, remanchando, naquela afobação doida. Só de testemunhas, subia para umas vinte. E dando volta, com indireta, que não estava dizendo nada, era conselho de amigo *et cetera* e coisa e tal. Perdia um tempão, acabava arranjando tudo como ele queria, pois dr. Henrique assinava em cruz. Peste de trabalho enguiçado. Irmandade com mais santo, devoção com mais ladainha, estava para ver. Triste do pequeno, que fica de um lado a outro, pedindo a benção em cada esquina. Era o que delegado fazia, sem tirar nem pôr.

Felizmente a história da beata não dera de encompridar. Três minutos com major Bento e o homem pusera água na fervura. Falando mole, boca torta de cachimbo, dissera até muito para bom entendedor. "Sei não, seu Guedes, mas se eu fosse o senhor pegava uns gatos-pingados, a bem de ouvir e tomar nota nos livros, e botava uma pedra em cima." Assim mesmo. Cabra bom, dos quietos, da maciota. Pena que nem sempre desse opinião. Hoje, capaz de ser enfezamento, por causa do telegrama. O povo antigo não suporta isso de cobrarem explicação, ainda mais governador, que vive metido lá nos negócios dele. Não, não devia ser isso. Podia ser, mas não parecia. De qualquer forma, major Bento sabe da sua vida, tem as suas razões. Guedes encolhe os ombros: tanto se lhe dá. O importante é que a trabalheira ficou pela metade.

Manhã bonita, céu lustroso. Sim, senhor, tudo se resolvia. Gostoso bater perna ainda com o cedo, claridade, o sol nos escondidos. Bem que imaginava, mas certeza não podia ter. Prendera os dois caminhantes, arrumara umas testemunhas, e ficara fazendo farol. Como de costume, para dar tempo ao tempo. Se visse o pessoal graúdo entesar, continuava. Se não visse, marcava passo. Um dia naquilo, sem novidade, até a notícia do telegrama. Podia ser o sinal. Estava no programa, avisara mesmo o sargento de que se preparasse, estourava diligência a qualquer hora. Mas não, rebate falso.

Enfim, saía pelo melhor. Fora à casa de major Bento como quem não quer nada, só de visita. Macaco velho. O major também, pegava tudo de oitiva, não enjeitava a deixa. E agora andava na santa paz. Sim, não havia talvez nem conforme, dr. Henrique lia pela mesma cartilha, seu Oliveira também. Que precisão tinha de ir à prefeitura? Nenhuma. Conversa, figuração. Por isso vai devagar, sentindo no rosto a brisa da manhã, aspirando um cheiro de jasmim, sorrindo na sua tranquilidade.

Com o mesmo passo, sobe lento os degraus da prefeitura. Na secretaria, informam que seu Oliveira está com alguém, não devem interromper. Guedes pode esperar, mas não quer. Avisa que volta logo e sai descansado, para um café, um pulo na delegacia.

O homem grisalho, miúdo e curvado, que entregava o chapéu à empregada sorrindo contrafeito, era major Bento. Antes de se levantar, seu Oliveira desligou o rádio. E quando estendia os braços para receber o amigo, d. Aninha entrou com a sua voz estridente:

— Quem é vivo sempre aparece!

— Verdade. Fazia um bocado, hem? — confirmou o major. E voltando-se para seu Oliveira, a desculpar-se:

— Este aqui sabe a alhada em que andamos, comadre. Não sobra tempo nem de se coçar. E os meninos, como vão?

— No mesmo, tudo em paz. Os de casa? E Mariazinha, aquela formosura?

— Vote! Aquela põe-mesa?

Aninha protestou:

— Ora dá-se! O compadre está no seu juízo? Pois é a moça mais bonita de Santa Luzia.

Seu Oliveira sorria puxando o braço de major Bento:

— Vamos entrando, vamos entrando que precisamos conversar.

— Vão indo, vão — ajuntou a dona da casa. — Daqui a pouquinho eu levo um café.

Foram para a sala de visitas. Mal fecharam a porta, seu Oliveira entrou no assunto do telegrama. Agora calmo, falava sem exageros, apenas animado com o seu narrar. Mostrou o papel, que os dedos magros pegaram em silêncio. E continuou, já meio atabalhoado, não vendo reação do outro. Ficaram assim um pedaço, a voz baixa zumbindo, o major sem pestanejar. Quando seu Oliveira contou do repórter, a pergunta veio ligeira:

— Que foi que você disse ao moço?

— Desconversei um pouco. Falei no processo, nas testemunhas, na exploração do caso. Parece que fez efeito.

Major Bento aprovou de cabeça. Seu Oliveira voltou a tocar no telegrama, ele estirou o beiço. Fizesse o que bem entendesse. Uma resposta qualquer, sem dizer muita coisa. Aquilo era história que já nascia morta, não valia a pena gastar cera, semana vindoura terminava. A eleição, sim, precisava cuidado. Não que tivesse preocupações. Mas não convinha esmorecer, dar o resultado como favas contadas.

O café chegou e eles ainda faziam o rol dos votos. Coronéis, distritos, cabos. Tudo em ordem, no acertado. Somente um lugar, para as bandas de Oiticica, não estava seguro. Major Bento esperou a comadre sair e disse:

— Mando dar um arrocho no Paulino.

— É bom.

— Não se incomode. Ele vai entrar na linha.

Acendeu o cachimbo, deu umas baforadas. Seu Oliveira tirou do bolso o telegrama para o governador, ainda na letra do dr. Henrique, e passou-o a major Bento:

— Não quero que você deixe de ver isso. É preciso mandar hoje.

— Tem tempo, tem tempo.

Pegou a folha, foi lendo por cima, fingindo alguma atenção. O doutor não variava o que dissera pela manhã, antes do almoço: lamentáveis excessos, os culpados seriam punidos, clima de tranquilidade. Aquilo mesmo. Calor cívico, eleições em ordem, vontade soberana das urnas. O governador ia gostar, mandava para os jornais. Dr. Henrique era bom nessas frioleiras.

— É isso. Nem precisava ler, dava por visto.

Levantou-se, bateu o cachimbo no cinzeiro. Seu Oliveira deixou o sofá:

— Vai amanhã à buchada do Jonas?

— Não, essa eu passo. Vai você, mais o doutor, não é? Então!

— É... ele entende.

Foi buscar o chapéu do amigo.

Major Bento ficou olhando o cachepô, um retrato colorido, as cadeiras de palhinha nova. Homem direito, esse Oliveira. Sem lorota, sem vaidade, sabia que os outros o procuravam, e se fazia de mouco, desentendido, não se incomodava. Homem agradecido estava ali. E até que o favor, nem por isso. Coisa de se pagar com bom-dia. Homem correto.

— Já vai, compadre?

— Que pergunta! — disse apanhando o chapéu.

E abraçando os dois, de repente apressado:

— Ainda hoje me boto pra fazenda. Só volto depois de amanhã, com o meu povo, na hora do voto. Até lá.

11

Janela aberta, luz forte nos olhos de Benvindo. Parou, viu a mesa escura, os dois homens, a máquina de escrever, o banco em frente. O soldado empurrou-o. Deu uns passos, de novo estacou. O delegado mandou que se sentasse. E começou a fazer perguntas.

    Foi respondendo aos trancos. Benvindo das Neves, quarenta e um anos, vendedor ambulante. Natural do Ingá. Solteiro, pois não. Se vinha com ela? Vinha sim, desde longe. Por nada, doutor, só de pura devoção. Ganho nenhum, Deus me livre. Pode jurar, e como diz o ditado, tudo que é de graça é uma desgraça. Taí o apurado, o seu de juntar: cadeia. A bem de quê? De nada, seu doutor, que não devia nem temia. Romeirando pelos outros, espalhando de boca muita verdade. Então iam, pegavam o cristão, botavam canga nele. Presepada. Desculpe, doutor, não tive intenção. Hem? Nunca, nunca fui homem de usar pistola, peixeira, nada não. Eu? Invenção desse povo! Não sei nem bulir nesses troços, atirando saía entronchado, era capaz de me matar. Ora que ideia! É isso mesmo, pode escrever. Lá na praça? Estava sim senhor, pra mal dos meus pecados. Ver eu vi, mas não tirei sabença, não juizei de coisa nenhuma. Foi um rebuliço danado, andei tonto, só. Dei com sinhá Luzia no fim. O fim dela, coitada. Sabia não, como é que ia saber? Tanto tiro... É, pois então. Tudo acabado, nem mel nem cabaça. Voltava, sim, o trabalho antigo. Não tivesse cuidado, uma dessas botava sal na moleira. Nunca mais de caminhante, nunca, pode jurar. Era só? Bom dia, um criado, seu doutor.

O soldado levou Benvindo, um minuto depois trouxe Valério. Pela mesma porta. O mesmo parar encandeado com a luz da janela, o mesmo empurrar para a frente. Sinal do escrivão apontando o banco. Não entendeu, continuou de pé. Identidade, arrancada a custo, na voz brusca. E o delegado quis saber:

— Casado com essa mulher por nome Luzia?

Afirmou num aceno.

— Seguia a pregação dela?

O mesmo inclinar de cabeça.

— De acordo com a romaria, com essas caminhadas?

Valério não se moveu. O escrivão levantou os olhos do papel e o viu indeciso. O delegado parou também, fungou, puxou um cigarro. Depois continuou:

— Qual o seu trabalho?

— Tenho um pedaço de terra — respondeu Valério devagar.

— Por que foi preso antes?

Não compreendeu a pergunta. Ficou esperando que a repetissem, mas Guedes não precisava, tinha reparado o seu embasbacar. E, não sabia por que, se penalizava, desejava encurtar a inquirição, acabar logo com o suplício do homem. Abriu a gaveta, pegou um revólver embrulhado em flanela, mostrou-o:

— Esta arma é sua?

Valério sacudiu a cabeça.

— Já viu antes?

Outra vez negou.

— Estava na praça, quando se deu o crime?

Fez que sim. E trêmulo, num rompante:

— Não pergunte mais, doutor, pelo amor de Deus não pergunte. Eu não vi nada, não sei de nada. Era tudo um inferno. Só sei que ela morreu, doutor, mataram ela. Que é que eu vou dizer?

Agora tremia mais. Do outro lado da mesa os dois homens se olharam, Guedes esteve um momento calado. Depois levantou-se, chamou o soldado e despediu Valério. A sós, disse ao escrivão:

— Cansei, meu velho. Com o próximo, faça você mesmo o trabalho, que eu vou tomar um café.

Saiu batendo a porta. Em seguida entrava a mulher, sentava-se tímida, segurando as pontas do xale. Cor parda, rosto vincado. Torcia os dedos enquanto ia falando. O escrivão anotou:

"Maria Ana de Melo, conhecida por Nica, trinta e oito anos, casada, de prendas domésticas, residente no beco do Açuque, s. n., disse que hospedou em sua casa, durante quatro dias, a beata Luzia e seu marido, Valério Severino; que a mulher supracitada apareceu nesta cidade em romaria, trazendo pouco de seu, uns trens que ainda se encontram na casa da depoente; que nada sabe do acontecido na praça 15 de Novembro (ao lado da cadeia), pois não acompanhou os caminhantes no dia do crime, e dele só tomou conhecimento por ouvir falar; que não achou nada de esquisito na pessoa da aludida beata, moça de jeito comum, sem nada de particular; que não recebeu paga da hospedagem, nem isso foi o tratado, nem pediu; que lamenta a sorte da beata e tem pena do seu marido, gente boa, temente a Deus, no seu entender; mais não disse, porque não lhe foi perguntado..."

Terminou com as palavras do costume, que a máquina escrevia arroxeadas e falhas. Tirou os óculos. E agradeceu a Nica, uma frase apenas, esfregando os olhos míopes.

Café Jacutinga. Lá dentro o bilhar, com a zoada. Encostado ao balcão, distraído acompanhando o pôquer de dados na mesa defronte, Guedes bebe a sua cerveja. Amarga e meio choca. Bebe assim mesmo, que não gosta de bebida perfumosa. Acalorado, sopra a cada gole, espiando um pedaço de rua, pensando no processo que ia por conta do à toa: Dois tatus machos não moram num buraco só. Daí major Bento mandar escoteiro, de dois de ouro. E era bom que seu Oliveira entregasse a rapadura. Judiação azucrinar os pobres dos caminhantes, ainda maior ficar remanchando com o marido da beata, o infeliz. Tinha paciência não. Hora de prender, dar pisa, dar sumiço, a gente sabe. Com ladrão, com bandido, com necessidade todo o mundo endurece. Mas por nada, se divertindo? Cheirava a mangação, coisa ruim, até um pecado.

— Mais outra.

Labutar de calor! Vai ver que era isso, que por isso amofinava, esmorecia feito mulher fêmea. Podia não. Trabalho não se discute, faz-se o preciso. Se o querer dos homens fosse acochar, mudava o cortado sem sobrosso, carregava na mão. Ali sujigado, que nunca foi santo. Porém bulir com romeiro dá um azar da peste. Vira outro gole, friinho, estala a língua. Besteira sua. Quem anda bulindo com os homens? Corresse o barco de outra forma, estava no seu direito arrenegar. Não assim, arremedado, enchendo tempo, só esperando o se cumprir da eleição. Era seu Oliveira ganhar novo mandato, soltavam eles.

— Por aqui, seu Guedes?

Virou-se, deu com Audálio.

— Então, meu velho, baixando o calor. Mas escute, eu é que pergunto. Você não vai depor?

— Vou sim, daqui a dez minutos. Hoje estou por sua conta.

— Pois me ajude cá. Outro copo, menino.

Ficaram bebendo, conversando. Assunto de tempo, de safra, de eleição. Menos da beata. Chegavam perto, marombando, e desguiavam. Tudo na ligeireza, até de mulher falaram; mas de ratoína, contando um caso, passando às anedotas, afinal descambando em descaração. Audálio somente ouvia, pinicava o delegado com o seu riso. E ele se espiritava no repertório variado. História de viajante, de chifre, de padre. Foram assim, acabaram a cerveja e a veia do Guedes.

— Está na vez de ir embora, homem.

— Deixe que eu pago.

— Você é besta! Quando eu chamei, já tinha uma no bucho. Vem cá, menino, olhe o dinheiro.

Saíram, ainda na cavaqueira desgarrada. E agora nem se interessavam — era dito solto, pela rama. À medida que se aproximavam, a conversa minguava. Uma palavra, outra, fim. Audálio bem que tinha vontade de perguntar sobre o inquérito, e seu testemunho, saber como estavam os caminhantes, o que desejavam dele, onde ia bater aquilo tudo. Guedes poderia dizer. O jeito alegre, falador aberto, embicava no que pretendia. Mas o delegado seguia calado. E o vendeiro estranhava:

— Que é que o senhor tem?

— Hum? Ah, sim, cansado, meu velho. Pensa que a minha vida é na flauta? É não.

— Eu sei, ora se não sei...

— É batente firme.

E só. Andaram mais, chegaram. Direto à sala de inquirição, onde apenas o escrivão encontraram, a mexer num livro. O homem levantou-se, cumprimentou, e chamando o delegado de banda mostrou-lhe umas folhas compridas.

— Ouviu todos?

— Sim, senhor. Foi pouca coisa.

— E eles?

— Nada não.

Audálio seguira o diálogo, pudera compreender. Não compreendera direito foi a reação do delegado, impassível, como se não falassem com ele. Havia coisa por ali. Então seu Guedes ia beber na esquina, tomando fresca, enquanto ouviam as testemunhas? Esculhambação. Terra avacalhada, está doido! Ficar em guarda, reparando, encontrava certeza. Pelo visto, o negócio andava na umbigada.

— Muito bom, seu Audálio. Agora estamos pegando somente o depoimento de quem viu a mulher, de quem conhecia ela, mesmo sem ter presenciado o crime. O senhor entrou no rol. Vamos à história?

Era isso então, descobriu Audálio, sentando-se. E no fundo gostava, só de simpatia por seu Guedes. Boa praça. Fazia lá das suas, mas a mandado.

— Estava na sua venda, quando se deu o crime?
— Foi hora de ceia. Estava, sim.
— Soube logo do acontecido?
— Logo depois. Muita gente saiu espalhando.
— Como é que soube, o que lhe disseram?

Audálio parou um segundo, depois respondeu:

— Que tinham matado a mulher, naquele frege, brigando todo o mundo.
— Disseram quem?

Cala-te, boca.

— Disseram não. Quem sabe lá...
— Podiam ter dito.
— É, mas não disseram.

Guedes olhou a folha. Audálio se plantava. Queriam botar a culpa no povo do coronel, mas não faziam força. Ovo gorado.

— Conheceu a beata Luzia?
— Conheci. Esteve na venda, tomando café.
— Falou com ela?
— Falei, sim. Conversamos um pouco.

— Sozinhos?
— Não. O marido estava também.
— Conversa de quê?
— Ora, de um tudo. Mais negócio de romaria, eu queria saber.
— E ela?
— Disse aquelas coisas. O mesmo da pregação. Fiquei no mesmo.

De novo Guedes parou. Coçou a barba, suspirou. Audálio pensava que aquilo era teatro quando ele tomou:

— Que é que achou da mulher?
— Bem...
— Era de juízo?
— Ah, lá isso parecia. Juízo, mesmo, eu não digo. Mas parecia mulher séria.
— Nenhuma caraminhola?
— Só de religião, não é?

O delegado balançou a cabeça, guardou a folha. O escrivão aproveitara os intervalos, tomava nota sossegado, acabara também. Com um sorriso amigável, Guedes levantou-se:

— Obrigado, seu Audálio. Era somente o que a gente precisava.
— Não tem de quê, seu Guedes.

Deu boa-tarde, saiu. Nem cinco minutos de conversa. Tudo arranjado, ficava ali mesmo, perdido está quem entra em atoleiro. Pobre da beata. Podia ser pior. Infelizmente, podia. Noutro tempo, era bem capaz de enjaularem os caminhantes, de quererem fazer embrulho com ele, a fim de jogarem o crime nos homens do coronel. Mas saíra bem, ainda se dava por satisfeito. Bem é o modo de dizer. A beata, coitada.

Enfiando as mãos nos bolsos, Audálio apressou o passo, afastando-se ligeiro da delegacia, deixando para trás a praça da cadeia, suas árvores, seu prédio amarelo, suas grades.

12

Santa Luzia era a primeira jurisdição de dr. Henrique. Chegara fazia dois anos, recém-saído da faculdade, aprovado com brilho no concurso em que um professor amigo, paternal e político, tivera decisão rápida, pudera determinar o prazo e o rumo da nomeação. Comarca pequena, explicara, mas próxima. E não havia problemas: quase um partido único, de gente mais ou menos civilizada, sem grandes pendências. Esperasse por lá, contasse tempo. Para desfastio, estudasse, escrevesse; a revista ficava às ordens, bom que assinasse presença em algum artigo, que se fizesse lembrar. Com vida calma, ia ver: os meses corriam depressa, quando acordasse o transfeririam, ganhava a capital. Uma questão de paciência.

A caminho da casa de Jerusa, vai pensando no que dissera prof. Bandeira. Falara certo, conhecia as idas e vindas da magistratura, só que não sabia do seu destino. Nem de Santa Luzia. Tranquilidade era na aparência; o fundo se agitava em conchavos, manobras, perigos. De início tentara evitá-los. Impossível, o próprio interesse forçava a participar. E cedera, confessa, pendendo para um lado. O mais forte, é claro, que não esconde a vontade de fazer fortuna, subir, mandar também. Sua carreira? Bem, por enquanto. Mas terminaram as ilusões, agora já passou dos trinta anos, não se contenta com artiguetes sobre institutos velhos que teimava em rebocar. Dois anos de alçada mostravam quanto valiam, nunca mais escrevera um. A capital está longe, a política ronda perto. Esqueceu o professor e aprendeu a utilizar-se do partido, de maneira indireta, como convém ao seu cargo. Terá vantagem? Acha que sim, e em breve. Porque existe ainda Jerusa.

É natural que haja acontecido. Na cidade acanhada, o doutor moço procurara afastar os convites, uma escolha difícil. Gastara desculpas, fizera-se caramujo. Sem resultado: apenas conseguira adiar a questão. E com isso, não percebia, mais a tornara importante. O seu jeito casmurro deixava de ser conversa de moça, entrava nas cogitações dos pais. Homem sisudo. Um dia, no baile dos Paladinos, descobriu que o olhavam agradados, feito amigo, pessoa da terra. Era surpresa, era o começo. Pouco depois aparecia Jerusa. Não sabe se ela veio de repente, se com a sua resolução de ficar em Santa Luzia. Sabe apenas que gosta da moça, da sua beleza quieta, da sua família sólida. O velho Aprígio, d. Estela. Casa grande, sossegada, casa de homem abastado e feliz, alegre casa de filha única. Às vezes pensa que não olhou posses, que a sorte o premiou além de

Jerusa. Terras, gado, prédios. Um futuro entrevisto. É quando insiste em ver somente a noiva, suas promessas. E então se sente maior, mais puro, mais juiz. E é como se fosse mais fácil tolerar a política baixa, os despropósitos de major Bento, desmandos iguais à morte da beata.

Noite calada, sombra alta de coqueiros. Pela calçada estreita, dr. Henrique não repara os oitões, as grades dos jardins, os ladrilhos das frontarias, anda metido em suas lembranças ainda novas. Dobra uma esquina, o cheiro forte das angélicas o desperta. Empurra o portão e a campainha tilinta. Jerusa vem recebê-lo:

— Cansei de esperar, Henrique. Demorou tanto...
— Hoje foi trabalho muito. Eleição amanhã, não é?
— Eu não me fio — respondeu sorrindo.
— Pois foi, minha filha. Se eu pudesse, quem dera, já estava aqui há um ano.

Um minuto na varanda, trocando palavras murmuradas. E entraram para a sala de visitas, onde seu Aprígio se entretinha com uma paciência, d. Estela com o bordado. Os dois levantaram a cabeça e deram ao mesmo tempo um boa-noite sonoro.

Foram sentar-se no marquesão. Alguns instantes a mãe os deixou entregues ao sussurro, em seguida pousou o bastidor e fez uma pergunta qualquer. Depois outra, uma terceira, a conversa ganhou corpo. O velho Aprígio largou as cartas, veio para mais perto, interessado:

— Fiquei de pulga na venta. Que é que vocês estão conversando?
— Nada, Aprígio, uma coisa que eu queria saber.

— A história da cruz milagrosa, lá no Lamarão — avançou Jerusa.

— Ah, aquela de beira de estrada?

— Essa mesma — confirmou a mulher. — Dizem que está fazendo milagre.

Seu Aprígio abanou a cabeça:

— Danou-se. Agora esquiparam com esse negócio, que não vai parar mais. Qualquer dia estão fazendo novena pra mim.

Riram. Dr. Henrique ajuntou:

— É verdade. Parece que nos últimos tempos isso aumentou um bocado. Nem precisa falar muito, basta ver essa beata Luzia.

— Ah, pobrezinha! Eu nem gosto de ouvir o nome dela. Me dá uma tristeza... — interrompeu D. Estela.

Houve uma pausa. Jerusa olhou para o noivo, ele olhou para o chão. Seu Aprígio disse pensativo:

— É, foi uma garapa...

— Coisas da vida — quis encerrar o assunto dr. Henrique.

Mas o velho não entendeu:

— Taí, veio tudo tão encarrilhado, que eu nem tive hora de conversar direito. Queria saber do senhor, que viu de perto, acompanhou. Como foi o caso, hem?

Dr. Henrique descruzou as pernas, soltou a mão de Jerusa, engelhou a testa:

— Sei pouco, seu Aprígio. Ainda não vi o processo. A verdade, parece, é que foi mesmo rixa. Não se pode, vai ser duro encontrar o criminoso. Enfim...

— Só isso? O senhor não sabe de mais nada?

— Bem, o resto é comentário, bate-boca avulso. Não tem valor nenhum.

D. Estela emendou:

— Pois vigie que estão dizendo coisa muito séria. Que mandaram matar, para ganhar a eleição de amanhã. Imagine, é voz corrente que foi o major Bento.

O velho Aprígio desconversou:

— Não há mulher que não goste de se meter em fuxico.

Dr. Henrique disse apenas:

— Falatórios...

Jerusa desanuviou a sala:

— E a mulher, Henrique, a beata, como era ela?

Cruzou de novo as pernas, encostou-se no sofá:

— Isso mesmo, uma pobre de Cristo. Aprendeu um pouco de religião, dizem que alinhavava até direitinho uns pedaços, mas um dia desequilibrou. E meteu na cabeça que era iluminada, que ia salvar todo o mundo caminhando para o Bom Jesus. Doidice dela, coitada, que não fazia mal a ninguém.

— E os outros dois?

— Eu penso que é tudo igual. O marido, meio pasmado. O acompanhante, meio estradeiro. Não sei, no fundo uma coisa só, um mal só: ignorância.

Um momento em suspenso, o silencio zunindo. Então d. Estela perguntou:

— E as chagas? Não é milagre não?

— Não, nem pense nisso. A ciência já estudou, explica tudo, não se pode errar. É um caso de histeria.

Novo silêncio. Seu Aprígio pigarreou. Jerusa saiu avisando que ia coar um café. d. Estela voltou a trabalhar. Inconveniência, arrependeu-se dr. Henrique. Mas também não o entendiam, nem o deixaram terminar, mostrar que histeria doença não tinha aquele outro sentido. Em todo caso falara à toa. Pela calçada, uma voz passou cantando:

*Meu barco é veleiro*
*nas ondas do mar...*

Estava cansado. Ia tomar o café, demorar-se um pouco, e cama. Uma trapalhada, uma desgraceira essa história da beata. Mal sabiam eles.

Jerusa entrou com a bandeja, serviu. Depois que bebeu, dr. Henrique puxou o maço de cigarros, ofereceu um a seu Aprígio. O velho agradeceu:

— Bom pra espantar o sono.

— Nem me fale. Ando numa lombeira atroz.

— Por que não vai dormir cedo? — concedeu Jerusa.

— Vou, minha filha. Hoje eu preciso. Fico um instantinho.

Enquanto durou o cigarro. Foi terminar e levantar-se, pedindo desculpas. Todos compreendiam, bobagem, ninguém reparava. Já se despedia, quando seu Aprígio o puxou lá para um canto:

— São dois minutos — pediu à filha rindo. E mais baixo: — Me conte isso direito, que lorota é essa de mulher histérica? Se ela nem dormia com o marido!

Dr. Henrique atabalhoou-se com o imprevisto do velho, refez-se, tentou explicar:

— Não foi isso o que eu quis dizer. Histeria como doença é diferente, seu Aprígio, não tem nada com casamento. Uma pessoa pensa muito numa coisa, começa a variar, e o corpo também desequilibra. Pode até vir mancha, ferida. Sempre feito resposta. Primeiro a cabeça, os nervos desandam; e depois é que os órgãos sentem, às vezes sai na flor da pele.

— Então é só?

— É, em ciência, é. A história da beata, com as chagas, não passou disso. Ela pensava que era sinal, mandado por Deus. Engano. Era doença que vinha de longe, tinha estourado.

— Bem...

Deixaram o fundo da sala, vieram para a varanda. Jerusa desceu o primeiro degrau, para acompanhar o noivo até o portão. Ele se despediu dos pais da moça, desceu, e quando chegava ao pé da escada ouviu seu Aprígio dizer à mulher:

— Esse dr. Henrique ainda é menino, mas é um sábio.

Sorriu, alcançou Jerusa. Caramanchão, beijo, adeus que o deixou na esquina. Rua deserta, noite vazia. Os passos cadenciados, o céu de estrelas, vão dando a dr. Henrique uma sensação agradável. Será alegria, será liberdade? Talvez seja isto achar-se feliz. É possível. Assovia, mãos nos bolsos, anda leve. Chega à praça, não tem mais cigarros. Entra no botequim de Audálio.

— Boa noite, doutor.

— Boa noite — responde apanhando o maço — Como é, o senhor já foi depor?

— Fui ontem.

— Tudo bem?

— Foi, doutor. Me desobriguei... para o que é, nem precisava ir.

Cumprimentou. Na calçada, lembrou-se do que dissera d. Estela. Sim, via-se logo, aquilo era comédia. Ruim que fosse tão descarada, ruim para ele, para seu Oliveira. Pior ainda para major Bento. Não, criancice pensar assim. O homem tinha costas largas, estavam todos resguardados, a salvo de qualquer aborrecimento. Deixassem falar.

Foi andando sem pressa. Amanhã eleição, depois esqueciam. Mas até chegar em casa, deitar-se e pegar no sono, não pode esquecer a beata Luzia.

13

Desconfiado, Benvindo calçou um sapato e quis puxar prosa. O soldado se fez de desentendido. Ele continuou no mole, quizilando.

— Se vista logo, homem, deixe de empatação!

Amarrou o outro sapato, mais depressa, levantou-se. E enquanto ia catando as miudezas espalhadas pela cela, perguntou:

— Vou de vez?

— Vai de muda — preveniu o praça.

Benvindo interrompeu o amarrar do embrulho, amunhecou desenganado. Só por um segundo. Apressou-se de novo, reclamando:

— Mas isso é o diabo! Então por que ficam nesse aperreio?

— Eu sei? Sei não.

Abotoou-se de cabeça baixa, consumido:

— Muita praga me rogaram.

— Largue de fita, homem. Acabe com isso e vam'embora.

Arrecadou tudo, esperou que o polícia abrisse a grade. Quando pisou o corredor, não se conteve:

— Me diga, por que me tiram daqui? O senhor não ignore eu perguntar. Mas é de ficar enjicado, viu?

O outro fechava a porta. Voltou-se, meio confuso, teve pena:

— Por causa da eleição. Hoje é dia, querem tudo vazio. Juntam você mais outro.

Benvindo agradeceu a informação. Sozinho, pensando, metera a peia no soldado, que era broco, encostado, muito do imprestável. Agora via que não, o homem tinha parte com gente. Ia acrescentar alguma coisa e já haviam parado em frente a uma cela. Olhou para dentro: acocorado, Valério parecia cochilar.

A chave rangeu na fechadura. E caiu entre os dois um pequeno silêncio comovido. Não ouviram a grade cerrar-se, não viram o guarda sair. Foi Benvindo quem falou primeiro:

— Vai bem, seu Valério?

— Aqui... E vosmicê?

— Como Deus manda.

Benvindo encostou o embrulho a um canto, sentou-se numa cama:

— Mais conformado?

— E a pois...

— É, se arrenegar também cansa.

Valério não respondeu. Cansado estava, de tanto se lanhar no padecer. Seu Benvindo tinha razão: tristeza é gasto, não dela, mas do infeliz que se fina penando. E ele queria dizer isso, entrar no pisar do outro, não podia. Ali enfarando, jururu. Coitado do amigo, ia comer na banda podre, de junto com pareceiro tão magoado.

— Eleição é hoje.

— Hum?

— A eleição... estão fazendo hoje.

— Ah! Eleição, é. Pegou daí... Foi isso que desgraçou ela.

Calaram-se. A sombra de Luzia derramou-se pelo cubículo, aumentando o silêncio. Como se assoprassem da janela, imaginou Benvindo, uma corrente de ar, uma nuvem, coisa fria. Doendo nas oiças, doendo no lembrar. Camisa fina, papel de seda, lapinha. Era a recordação mais velha, o princípio, sua esperança de Luzia. Umbigada, trompaço do destino. Nem foi do tempo de pregação, foi de antes, ele de longe espiando, esperando, se acabando. Veio depois aquilo e tudo mudou. Haverá mesmo de ter mudado? Não, é seu realce de pensar. Ficou no igual, ele seguindo, espiando, se contentando com esse pouco. Luzia sem ver, ninguém não via.

Ergueu-se, pegou o caneco, tirou água do porrão a um canto. De repente sentira como se Valério estivesse lendo nas suas lembranças. O gole d'água arrefeceu a impressão ruim, olhou de esguelha para o outro. De cócoras, as mãos pendidas, na sua magrém imóvel.

Faca fria. Vida ingrata, cortando a gente. Não quer pensar no derradeiro ano de Luzia, esforça-se por ver o seu começo, quando à tarde passeavam em redor do açude. Uma vez, ela usava um cinto encarnado, com três dedos de largura. Quando não andava ninguém de perto, saía na carreira, doidinha feito menino. E cantava uma história assim, "eu tive um cravo, o cravo murchou". Seus cantos de melodia. Agora murcho, tudo se acabara. E seu Benvindo falava de eleição, os assassinos, aquilo da praça, da sua miséria. Quanto tempo fazia? Uma semana, bem uma semana. Papouco da sorte.

— Vosmicê não se enfada?

Não ouviu direito a pergunta, Benvindo tornou:

— Ficar assim, esse tempão.

— É do meu costume — sorriu Valério.

E se levantou, espreguiçou-se, foi até a grade. Costume antigo, desde molecote. Viera do pai, do avô, de todos que se reuniam no terreiro, mascando fumo, conversando, falando de chuva e de safra, de festa e namoro, de briga e doença e batizado. Tão longe. Parece mentira, mas foi assim que uma noite conheceu Luzia. Estava encostado no seu lugar, ouvindo pabulagem de amigo, quando apareceu. Cabelo comprido, olho preto, dente branco, e novinha, tentadeira. Dizer que se enxeriu, não; nem ela também. Mas ficaram acertados, que se vê e se entende o interesse de moça. O dele, então não era de reparar... Mesmo com a luz da placa, ali de cócoras, se rindo por dentro e calado.

— Meu costume é outro — disse Benvindo pensativo.

— Eu sei — confirmou Valério no mesmo tom.

— Não tenho jeito de ficar parado. Meu pai criou no seu quintal ave de arribação. Quero bem a essa vida pelo mundo, com sol esquentando o quengo, chuva miudinha na copa do chapéu. De manhã cedo, vontade minha é largar o baú, sair correndo sem destino. Mas no meu devagar, não faço outra coisa.

Vou-me embora estradeando, subindo ladeira, descendo grota, comendo légua. Passo um ribeirão, vejo um trem de carga, um bando de povo diferente. Gosto meu é isso, seu Valério.

— Sei não, seu Benvindo. Para vosmicê, melhor da festa é o variado. Já comigo, sou do meu sossego, da mansidão. Andar eu ando, mas não tendo nem sequer um banho que refresque a gente? E com chuva, não é mais conforme estar na quentura de casa? Olhe, eu por mim ficava a vida inteira no meu lugar, sem gastar sapato. O ramerrão de sempre. Me levantando de manhãzinha, me deitando com o sol, e gostando. Enfim, cada um tem o seu apreciar.

— É, lá isso é — apressou-se Benvindo, alegrado. Fora as respostas arrancadas, pela primeira vez o outro falava, seguia na conversa. E repetiu:

— É isso mesmo. Cada um com o seu apreciar.

Valério de costas, na grade. Que estaria pensando? Benvindo sobressaltou-se. E se houvesse tomado a sua predileção de caminhar, o seu gosto de andarilho, como uma confissão, um se achegar de Luzia? Se estivesse a pensar que ele... Não, Deus o livrasse. Era triste por demais, era um desatino, perdição dos dois. Mexeu-se na cama.

— A vida é assim mesmo, seu Benvindo — continuou Valério, sem se voltar. — Vosmicê dá um quarto e uma banda para arribar, gastar perna, andar solto pela estrada. E está aí pregado, de molho. Eu, já lhe disse, me arreliava com isso de ficar batendo caminho, feito cego. Estou aqui também. Mas para vosmicê é pior, seu Benvindo, não tem comparação. Doravante, sem romaria...

Benvindo sentiu um nó na garganta. Pensando uma coisa, era outra. Seu Valério com pena dele, nem se lembrando da mulher, somente acreditando que o seu prazer fosse romeirar. Conteve as lágrimas, que vinham de dentro. E tentando em vão dominar a voz:

— Não diga isso, seu Valério. Eu vivo escoteiro por este mundo de meu Deus. Vosmicê não, tinha mais, perdeu sinhá Luzia.

Calou-se atordoado. Alguns minutos se passaram e não ouviu uma palavra de Valério. Desejou que ele falasse, precisava, quase rezou para que o outro voltasse, respondesse, tocasse a conversa e o deixasse em paz. Agora não poderia dizer nada. Tinha medo, sabia não ser capaz de guardar-se, guardar intocada a figura de Luzia.

E Valério se pôs a falar. O longo tempo recolhido, suas perguntas ecoando, os silêncios desesperados que foi juntando por dias e noites, afinal querem partir-se e o momento é chegado. Não um instante vazio, pretexto, rio cheio. Ele tem que largar essas coisas, que aliviam seu Benvindo e também lhe servem de remédio. A bem pensar, não jura pelo que vai dizendo, mas sente que é hora de formar sua crença. De que maneira viver então? Vai falando lentamente, como se procurasse lembrar cada frase, descobrir alguma coisa nela escondida. São mesmo lembranças o que lhe acode. E ele tira delas o seu rosário, que desfia aos ouvidos do amigo. É amargo, é triste, mas soa distante, abrandado, parece cantiga velha e sentida, que não maltrata o coração. Até boniteza aquilo tem. É o que Benvindo acha, é o que Valério desconfia. Não faz mal, bom que não reparem na sua infelicidade, assunto de se roer sozinho. Vai falando calmo, sempre mais brando. Um caso, uma pessoa, uma terra que viu. De um a outro, reunindo esses farrapos já desbotados, uma reflexão de agridoce avivar. Às vezes balança a cabeça e repete: "quem diria, quem diria...". Mas não se detém. Pouco a pouco vai perdendo o seu rumo, fica apenas Luzia, a vida sem ela. Consegue não falar nisso, que já era o som, o compasso da sua voz. E daí em diante, por mais que faça, a memória se encaminha para bem longe, infância, parentes, lugares perdidos.

Quando chegou o almoço, ainda estava falando. O soldado passou entre as grades os pratos de folha, as colheres, o café. Eles foram sentar-se numa cama, lado a lado. Benvindo entrou a comer normalmente. Valério com desgosto notou: pela primeira vez tocava na comida. E se agradava.

14

Domingo, seis horas da manhã. No oitão da igreja, olhando a cidade que se estende lá embaixo, dois velhos conversam. O sol ainda não esquentou. E eles se encostam à amurada, esperando que o sino toque para a missa e o dia comece.

    Guedes vem descendo a rua de cima. Tudo vazio, dormindo. Noite braba, função grossa, ô diabo de mulher. Traz no cabelo, na pele, no corpo inteiro, as mãos e o cheiro dela. Vem devagar, brecando os passos. Em meio à ladeira avista os dois homens, desvia-se, embica para o balaústre da matriz.

    — Madrugando?

    — É, levantando cedo o domingo encomprida. E parece que a gente folga mais.

Riu-se com a tirada do velho. Dia bonito, limpo. Eles é que sabiam viver, acordar assim de manhãzinha era bom, dava saúde, sem contar o gosto daquela paisagem, uma beleza.

— Estou com sessenta e cinco no costado. Se não tivesse aprendido...

O outro, que não falava de idade, apontou a praça defronte:

— Diga uma coisa, seu Guedes, quando é que vão tirar essas faixas dali? A eleição já faz uma semana. Por que não tiram logo?

— Tem tempo, meu senhor, tem tempo. Deixe lá, para esse povo ficar pensando em seu Oliveira. Todo o mundo que passar por aqui se lembra da vitória dele.

— Foi bonita, foi. Uma vitória de arromba.

Os três repetiram isso, como admirados. Então o que apontara as faixas suspirou e disse:

— Muito que bem... agora vamos ver o que ele faz.

Guedes riu com estardalhaço, gozando aquela dúvida:

— Ora, senhor! Quem tem cabra, tem cabrito. Ele já não fez? Acham pouco a estrada nova, calçar rua que não foi brinco, levantar para mais de dez escolas? Agora até é fácil. Não viram o programa? É um despotismo! Drenar os alagados, sanear tudo em volta da lagoa. Sabem o que é isso? Acaba com a sezão. E não fica só nas obras de saúde pública. Seu Oliveira vai ter sarna pra se coçar os quatro anos. Que é que vocês querem?

— Eu não quero nada. Quem foi que disse que eu acho pouco? Só sei que falar é fôlego, obrar é sustância. Ele já trabalhou, está certo. Mas isso de governo acostuma e amolece. Vamos ver agora se ele faz.

— Ô povo descrente! Faz, meu amigo, faz. Pra desespero de muita gente...

— Essa não é comigo, seu Guedes. Pra mim, tanto se me dá. O senhor sabe que ninguém na minha casa depende de política, nem se mete nesse corrupio. Falo por falar, pensando no bem de Santa Luzia.

Guedes sorriu, bateu nas costas do velho:

— Então não sei, seu Agnelo. Mas no fundo, no fundo, o senhor é dos nossos.

— Sou nada... Sou de ninguém.

O sino rompeu forte, espantando uns urubus, dando a primeira chamada para a missa. Guedes se despediu, quebrou o chapéu na testa. E se foi ladeira abaixo.

Mercado. A mãe o chamara e dissera que fosse comprar toicinho, faltava para o cozido. Renteando a calçada, onde se estendiam os panos com verduras e frutas, o menino procurava o lugar das carnes. Dinheiro no bolsinho da camisa, meio quilo de toicinho dando volta na cabeça. Esquecia não. Passava olhando: as flores das moringas, as romãs encarnadas, a crista de um galo. Em frente a uma cesta de ovos, parou ainda vendo as melancias que ficavam para trás. A mulher (era Nica vendendo o apurado uma semana do seu galinheiro) aproveitou e ofereceu a mercadoria, baratinha, uma dúzia a quinze. Ele disse que não, que não podia; ela insistiu que era dado, que a mãe ia ficar satisfeita. O menino falou no toicinho, Nica não se ocupou mais dele. E continuaram, cada um com a sua preocupação: ele encontrar o que faltava para o almoço do dia, ela fazer para que não faltassem os almoços da semana.

    As mulheres lá dentro, conversando. Na sala, o aperitivo, também conversa. Seu Oliveira está alegre, com a bebida, a reunião, com a vida. Dr. Henrique fala sem parar, major Bento sorri apenas. Miserável do Guedes ainda não chegou, vão ver alguma farra, aquele indecente. Amigáveis. O juiz irá à capital, comprar alguns livros. O major voltará para a fazenda, que precisa descansar. Pobre de seu Oliveira, ali no duro, na sua penitência. Quem mandou se meter nessas funduras? Viúvo que se casa de novo, é mesmo, uma cachaça. Faz mal não, tudo é costume. Bebe outro? Ora, minha gente, mais animação! Que foi que você disse? É, agora não se levanta, acabou-se a goma dele. Graças a vocês. Pois sim, ia acreditar. Se havia homem em Santa Luzia que soubesse das coisas, era ele, Otávio da Cunha Oliveira. E agradecia aos amigos. À saúde de vocês.

Findo o almoço, depois do cochilo que o derreia um pouco, Audálio sai para um bordejo. É aproveitar o domingo, enquanto não vem a hora da ceia. Então já entrou nova semana: gruda-se no balcão varando a noite, até aí pelas duas. Sua, mesmo, só tem a tarde. Pena que fique tudo morto, farmácia e armazém fechados, o pessoal desgastando em casa a refeição mais gorda. Não fosse o bilhar... Assim mesmo é cacete aguentar a meninada, quando não aparece alguém de respeito. De qualquer forma, não existe melhor programa, deve conformar-se. E seguir para lá.

    Chegou, viu Tonico:

— Ô mano! Estava esperando um parceiro.
— Comigo não. Jogar com você... Sou doido!
— Que é isso, rapaz? Quanta besteira junta! Eu ando ruim, destreinado feito a peste.
— Quero não.
— Trinta de partido.

Audálio voltou-se. Tonico aproveitou:
— Cadê você, homem!

Aceitou. Demorou-se uma hora para perder, ficou danado com a conta. Ladrão filho duma égua. Jogou o taco na mesa, espumando:
— Destreinado, hem? A mãe!
— Puxa! Você não sabe perder?

Caiu em si, baixou a crista:
— Sei, sim. O que eu não sei é jogar. Nasci para ficar peruando.

Tonico juntou-se a ele, na ronda pelas mesas. Aqui, ali, até encontrar um jogo forte. Cabras machos no taco! Ficaram um tempão olhando, ouvindo as conversas:
— Apronte o pé que hoje vamos dançar.
— Aonde?
— No Consome-Homem. Mas é coisa fina, um rala-ovo daqui...
— Vocês viram o Nordeste? Diabo de time fundo, hem?
— Teu pai com tua mãe, seu corno. Terminar com oito homens e fazer aquilo!
— Olhe aqui, você não vai com a gente? Larga desse namoro.

— Largar? Tomara eu mais...

Depois entraram seu Martinho e o Cabral. Até que enfim, suspirou Audálio. Pegaram mesa, afastada, num canto, pediram cerveja. E a conversa girou solta. Mesmo sem assunto firme, pulando avulsa, às vezes séria, às vezes trampolineira, agradável sempre. Custou, mas falaram em política:

— Reparou no desplante de seu Oliveira?
— Que? Aquela história de secar os brejos?
— Não, filho de Deus. O princípio da entrevista, quando falava das suas obras. Não repararam? Pois ali está bem duzentos anos de Santa Luzia. O homem pegou tudo que já encontrou feito, suor de uns dez prefeitos. Só não botou lá, como benfeitoria sua, coisa dos holandeses.
— Cambada sem-vergonha.
— E ainda ganha, meu irmão. Foram uns quinhentos votos de diferença.
— Também, homem! Roubando na contagem, matando beata... Assim eu me elejo presidente da República.

Audálio concordou, mudamente. Passou a mão pelo queixo. Engraçado. Fazia tempo que não se lembrava da beata Luzia.

Negro Vitalino deita-se e puxa a coberta. Por que esse frio? Ainda estamos em abril, tempo de chuva grossa nem começou. Umidade, terra pegajosa, massapé. Não se acostuma. Frio desgraçado, subindo dos pés. Vira-se, enrola-se bem, mas a tremura não passa. Melhor. Sabe que o bom é desgovernar o corpo, não pensar. Ou deixar o pensamento desembestar vadio. Quantas selas ficaram na cidade? Amanhã vai cortar os galhos da jaqueira, que estão enviesando. Major Bento ainda não mandou recado nenhum. Frio do brabo. Aproveita a jaqueira e pega a fazer tarefa miúda, é ajuda pro compadre. Sai mais cedo, anda pelo campo, isso é capaz de ser reumatismo. Volta-se na cama, agora fica de costas. Os caibros, as telhas escuras. Tem um vão à direita, o frio entra por ali. Andar pelo mato faz bem, precisa desenferrujar, catar algum trabalho. Vai sair com o sol, entrar naquela vereda, bater perna até cansar. Onde termina ela? Um dia, cá de cima, viu o telhado pontudo. De longe era igreja. Vai andando pelo caminho, picada estreita, carreiro de matuto. Os pés-de-pau, os ramos torcidos. Parece que já viu esse lugar. A mesma grota, o trançado dos cipós, a mesma escuridão fria. Besteira voltar, não é homem de medo. Segue cauteloso. As sombras se fecham, quase noite. Mas lá na frente clareia um pouquinho, dá para se orientar, não tem errada. Agora o telhado pontudo está próximo, é igreja mesmo. O vento frio aumentou. Ele se enrola na coberta e avança, pisando com força, para ouvir um som vivo. Paradeira, tudo calado em redor. Somente os seus passos, caminhando pelo chão de folhas. Chega no aberto, a porta da igreja está escancarada. Sobe os degraus, encosta-se no portal, aperta os olhos tentando ver lá dentro. Um breu. De repente o frio destamboca, um vento encanado. Ouve uma porta bater. Voz murmurada, zumbindo por cima dos bancos, vindo até ele. Arrepia-se, tira o revólver. E grita. O barulho cresce, é de correria, pés batendo no cimento. De novo grita, o barulho aumentando. Adianta-se por entre os bancos, aquilo ali, um vulto, pare, não venha. Atira.

Uma, duas vezes. E com o fogo da arma as luzes se acendem. E o vulto é do altar, é o vestido branco, é a santa. E nas pernas da imagem os buracos das balas.

Acorda-se molhado de suor.

Negro Vitalino sabe de sonhos, conhece bem este sonho que o atordoa. Veio aos pedaços, uma cena hoje, outra amanhã, formando o suplício que não o deixa dormir. Lembra-se de que teve um desarranjo parecido na noite do seu primeiro mandado, muitos anos atrás. Mas não era assim, tão infeliz, tão destemperado. Não era com mulher, não era com santo. T'esconjuro. Que será isso? Não adianta perguntar, ele sabe de sonhos. Sabe de tudo.

Tira a camisa, deita-se novamente, puxa a coberta úmida. Apesar do suor, irá sentir frio. Tomando as telhas e caibros, já vieram, já estão lá, medonhas, escuras, as manchas das duas chagas. Negro Vitalino fecha os olhos.

15

Receberam o dinheiro e os cinturões. Benvindo pegou o bolo de notas enrolado no lenço, virou-se para o canto, pôs-se a contar. Valério esperou-o, enfiando o cinto de couro cru. O homem de gravata os observava:

— Tudo certo?

— É isso mesmo.

Valério então guardou o seu maço de cédulas, junto com uns papéis, no bolso da culatra.

— Assinem aqui.

— Pra quê, meu senhor? — estranhou Benvindo.

— O recibo, ora!

Escreveram os nomes, com esforço lento. Depois bom-dia, o embrulho amarelo, e deixaram a sala. O soldado os acompanhou até a porta, deu a mão aos dois. Estavam soltos.

Diante deles, o largo. Benvindo foi descendo os três degraus, mas Valério ficou na soleira, olhando a árvore plantada à esquerda, o chão de areia que os seus galhos ensombravam. Um vazio, nada. Botou o chapéu e desceu também. O sol, enquanto iam pelo quadro. Vagarosos, em silêncio, ainda sem pensar no que faziam, apenas sentindo o andar, andar, nenhuma parede que os tolhesse. Quando chegaram ao fim do descampado, na entrada da praça, Benvindo parou e disse:

— É preciso ir ver sinhá Nica.

Valério baixou a cabeça, concordou:

— É... ver a bagagem.

Não quiseram seguir pelas ruas do centro. Tomaram um atalho, beirando uma ruazinha torta, saíram já no começo dos brejos. Continuaram calados. A um alargar-se do mangue, Valério desconfiou do lugar, não fossem se perder. Benvindo lembrava: mais adiante o alagado ia minguando, se dividia abrindo caminho firme, que virava rua. Dito e feito, Com pouco vieram a picada, engrossada logo após, as primeiras casas adiante. Quase na margem da lagoa. Então Valério se orientou, descobriu onde estava. Por ali passara, ele e Luzia, na sua penitência. As mesmas árvores, as mesmas casas. Procura uma, aquela, no olho do arruado, afogada entre as plantas.

Bateram palmas. Uma voz perguntou:

— Quem é?

— É de paz.

Nica veio ver. E surpresa:

— O senhor? E o senhor também, seu Benvindo? Entrem, vão entrando.

Era alegria, era tristeza, um jeito misturado.

— Queria falar na prisão terminada, queria falar na beata, pobre da moça, e não podia, não devia fraquejar.

Foram entrando para a sala dos fundos. Então ela parou e enxugou os olhos na manga da blusa. Valério deu-lhe umas palmadas no ombro, calado. Nica se controlou e pediu:

— Sentem, sentem. Vou fazer um café.

— Se incomode não...

— Não dá trabalho. A água está no fogo.

Foi para a cozinha. Um menino chegou na porta do terreiro, ficou espiando. Tudo quieto, os rumores de fora, o chiar da chaleira, um cantar de mulher, vinham de muito longe, se abrandavam na folhagem, na sombra em redor. Os dois sentados, olhos baixos.

— Pronto. Foi num instante.

Apanharam as xícaras, beberam. Valério perguntou como iam, ela, os meninos, o marido canoeiro. Nica respondeu que no mesmo, juntou mais umas palavras e a conversa morreu. Querendo ir-se embora, já impaciente, Benvindo adiantou:

— As coisas da gente, sinhá Nica...

— Guardei direitinho, seu Benvindo. Só que botei tudo no baú, pra não ficar espalhado.

— E deu? — perguntou Valério.

— Deu... Eu separei a roupa dela.

Era, agora dava. Sem a roupa dela. Valério se levantou, foi até a porta, esteve um minuto vendo o alpendre. Mais que fizesse, que não pensasse, aquilo vinha sempre: uma falta. Ao lado, na voz, nos olhos. Na roupa também. Voltou-se, pediu:

— Me traga o baú, dona.
— Só o baú?
— É. O resto, que adianta?

Nica entrou para o quarto, Benvindo quis ajudar, voltaram puxando a arca de folha.

— Não sei como lhe agradecer, dona.
— Tem lá de quê, seu Valério!
— Eu queria que a dona aceitasse... — levou a mão ao bolso.
— Nem me fale, seu Valério — cortou Nica. — Eu já estou mais do que paga.

Um momento parados e eles se despediram.

— Muita sorte pra senhora, dona.
— Deus acompanhe.

Benvindo pegou uma alça do baú, Valério outra, seguiram andando de banda até a porta da rua. Ali cumprimentaram de novo e se foram. Caminho de pó, terra preta. Dias atrás, faziam o mesmo percurso, acabada a romaria pelas redondezas. Buscavam então a cidade. Para quê? Valério procura afastar a lembrança recente, mas ela retoma, aumenta, se espalha em volta. As meias-águas, as cercas, a árvore que se levanta no princípio do calçamento. É como se Luzia caminhasse também. Não, não é, Luzia não caminha mais, não vai mais de penitente, nunca mais voltará. O baú se sacode, ao compasso da marcha. Feito um caixão, os dois segurando nas alças, o enterro de Luzia. Desespera com a ideia ruim, quer apagá-la. E olha o baú, vê o seu pardo já sem brilho, esmalte descascando, as florzinhas esbatidas, quase mortas. Em casa tinha um açucareiro dessa cor, enfeitado assim.

— Vamos passar pela cidade, seu Valério, pegar a estrada lá adiante.

— Está bom.

Sabia por onde iam, pra que fugir? É melhor seguir direito, repetir aqueles passos, todo o caminho da romagem. Penitência. Mas vai guardando o seu feitio, este sítio não esquecerá nunca. De um lado as casas, os coqueiros nanicos, uns currais dentro d'água. Do outro, além, as lascas das barreiras encardidas. E a rua subindo, e o cheiro de maresia. Vai gravar para toda a vida o lugar onde Luzia ficou. Não quer saber em que ermo a enterraram, não perguntou, não quis. Sabe que ficou neste lugar e basta. Um dia, achou a paisagem feia e triste. Feia não é, mais tarde pensou, é diferente. Quanto à tristeza, não está certo se é do lugar, se é dele. Amanhã, talvez ache a beira do açude uma paragem de fazer chorar.

A calçada alta, os paralelepípedos. Ninguém repara neles, ninguém os vê passar. Deixaram o meio da rua, vão rente à sarjeta, as mãos suadas no ferro da alça. Baú pesado, vida pesada. Luzia tinha disposição de caminhar, andava leve, nem se cansava. Sol forte, dia aberto e claro. Bem umas dez horas. Quebraram à esquerda, viram o correr de árvores grandes, mais adiante a praça. Benvindo mostrou a sombra e fez sinal de parar.

Puseram o baú junto às raízes saltadas, encostaram-se ao tronco, acalorados comentaram:

— Verão não se acaba, hem?

— É, que dirá lá em cima.

Pouca gente na rua. A casa defronte fechada, a lata de lixo, um gato. Do bar da esquina, vinha um barulho de garrafas. Benvindo lembrou-se:

— Vosmicê não quer ir falar com o homem da venda?

Um instante calado, Valério afinal respondeu:

— Precisa não, seu Benvindo.

— Pensei... Vosmicê estava agradecido, diz que ele avisou. Se não quer...

— Quero não. Foi ação boa, eu sei, mas ele não me espera. Deus acrescenta.

— É... Vamos não.

Sombra, era da lagoa que vinha a brisa. Eles se voltaram para esse lado e viram a ponte, as canoas, os homens descarregando peixe. Valério arrenegou:

— Não sei como se vive de pesca.

— E a pois! Também não sei como se vive em riba d'água.

— Terra é firme, é o certo. Água... o duvidoso.

— Estou com vosmicê, seu Valério. Isso é trabalho falso.

Ainda um pouco e de novo pegaram o baú, continuaram. O resto de rua, a praça, já com movimento. Valério passou olhando, querendo ver além dos canteiros, a outra banda, o descampado onde era a cadeia, onde estava a árvore de Luzia. Quis pedir a Benvindo que parasse, mas se conteve. Seguiram pela rua de cima, comendo poeira; veio o oitão da igreja, vieram as grades, os jardins, as casas graúdas, recuadas. Depois se acabaram à direita, eles foram acompanhando a amurada baixa. Avançavam na subida e a lagoa ia surgindo, aumentando sempre, orlada de coqueiros, irregular e pálida. Um cinzento sujo e ao mesmo tempo leve, remansoso. A verdura se estendia embaixo, mais à frente se revelaram os quintais, grimpando pela encosta. E as casas desapareceram.

Valério prestou atenção, examinou o caminho. Por ali haviam passado, feito pouso de campo, de manhã ela fora tomar banho numa cacimba. Onde seria? Reparou os quintais, enormes, disfarçados na vegetação de muitos verdes. Era difícil encontrar. Parecidos, iguais.

Mais adiante, o menino encostado na cerca, olhando para ele. Sentiu de longe a mirada fixa, de quem está conhecendo, reconhecendo, procurando lembrar-se. Iam devagar, Valério pode atentar na criança: nunca a tinha visto. Encontrou os seus olhos redondos, tentando recordá-los, já sem pensar no quintal que buscava. Nada, nenhum rosto parecido. Andou ainda um pedaço e voltou-se: o menino continuava olhando, imóvel, estranho.

Uma curva, que venceram sem sentir, e de repente a estrada. Benvindo alegrou-se. Uma satisfação, uma coisa no peito. Valério notou o seu ar prazeroso e sorriu:

— É o seu gosto...

Benvindo afirmou de cabeça, alargando as passadas. Quando deu fé, estava cantarolando baixo. Interrompeu-se, sem ter coragem de ver o rosto do amigo. Mas Valério disse:

— Se bem me lembro, cantavam isso na minha terra. Como é o verso?

Não cantou, recitou apenas ·

*Ouvi tropel de cavalo,*
*ouvi cancela bater...*

Valério confirmou:

— É isso mesmo. Eu era pequeno, meu pai cantava.

— Cantoria a gente não esquece — largou Benvindo.

E os dois pensaram então que não era só cantoria, que o recordar do homem guarda de um tudo, que saudade se fez para o seu punir de viver.

— Não conheci o pai de vosmicê — apressou-se Benvindo, arredando a imagem de Luzia.

— Ainda é moço?

— Sim, ainda é moço — respondeu lentamente, substituindo pela do pai a figura da mulher.

— Mas está meio acabado.

— Essa luta, seu Valério. Hoje se tem de envelhecer mais cedo.

Uma verdade. O pai levava sua luta havia cinquenta anos, natural que estivesse cansado. E uma vida ingrata, dura, de trabalhar sozinho. Devia ajudar, agora podia ajudar. O velho precisava, coitado, alguém por ele. A última vez que fora em casa, o curral andava caindo, um estirão de terra abandonado. Tinha lá força pra tudo? Não tinha, impossível ter. Dava um adjutório. Com um mês botava as coisas no lugar, descansava o homem, depois é que ia ver o sítio. Será que ia? Encontrar aquilo deserto, estragado? Suspirou. Não importava, por enquanto não valia a pena saber, se amofinar ainda mais. Voltar sem Luzia. Uma falta, uma tristeza. Na sua casa, na do pai, esquecido ou trabalhando, era igual o sofrer. Melhor decidir logo: chegar e pegar serviço, com o velho, cuidando do gado e do plantio. Até fazia bem. Um dia...

— Pronto, seu Valério.

— A chã é aqui?

— Aqui mesmo. Isto é um braço da rodagem. Vamos para cima.

Arriaram o baú na estrada. Olharam para trás e não viram o casario, a cidade se perdera entre as árvores. Valério tirou o chapéu, abanou-se. Benvindo enxugou com o lenço as mãos suadas. E ficaram ali, pensativos, à espera do primeiro caminhão que passasse.

# BIBLIOGRAFIA

#### FICÇÃO

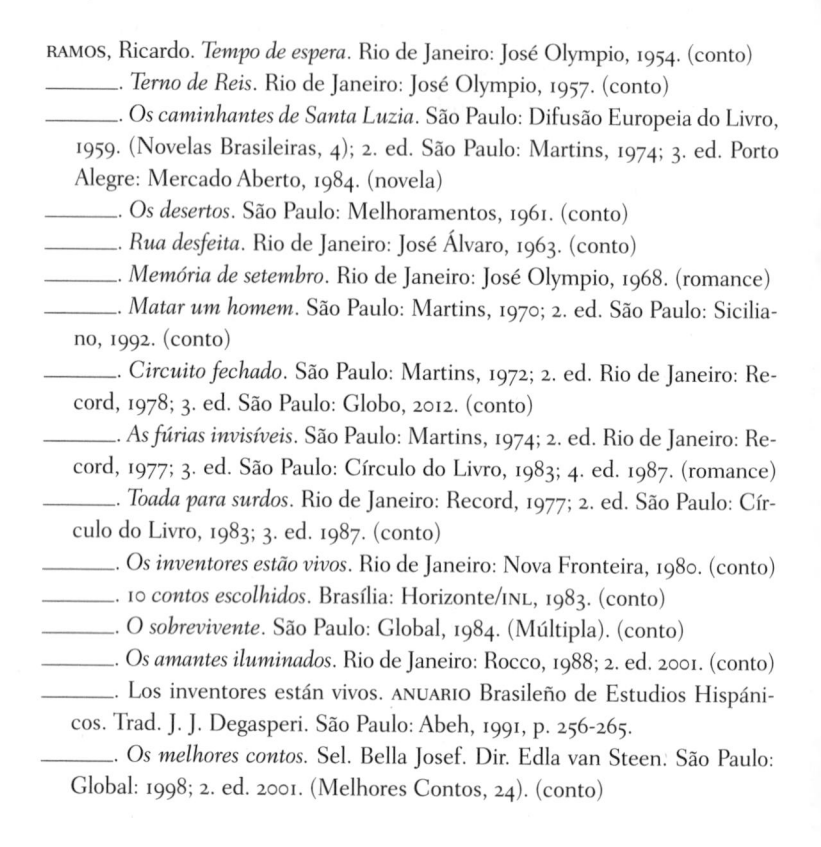

RAMOS, Ricardo. *Tempo de espera*. Rio de Janeiro: José Olympio, 1954. (conto)
_____. *Terno de Reis*. Rio de Janeiro: José Olympio, 1957. (conto)
_____. *Os caminhantes de Santa Luzia*. São Paulo: Difusão Europeia do Livro, 1959. (Novelas Brasileiras, 4); 2. ed. São Paulo: Martins, 1974; 3. ed. Porto Alegre: Mercado Aberto, 1984. (novela)
_____. *Os desertos*. São Paulo: Melhoramentos, 1961. (conto)
_____. *Rua desfeita*. Rio de Janeiro: José Álvaro, 1963. (conto)
_____. *Memória de setembro*. Rio de Janeiro: José Olympio, 1968. (romance)
_____. *Matar um homem*. São Paulo: Martins, 1970; 2. ed. São Paulo: Siciliano, 1992. (conto)
_____. *Circuito fechado*. São Paulo: Martins, 1972; 2. ed. Rio de Janeiro: Record, 1978; 3. ed. São Paulo: Globo, 2012. (conto)
_____. *As fúrias invisíveis*. São Paulo: Martins, 1974; 2. ed. Rio de Janeiro: Record, 1977; 3. ed. São Paulo: Círculo do Livro, 1983; 4. ed. 1987. (romance)
_____. *Toada para surdos*. Rio de Janeiro: Record, 1977; 2. ed. São Paulo: Círculo do Livro, 1983; 3. ed. 1987. (conto)
_____. *Os inventores estão vivos*. Rio de Janeiro: Nova Fronteira, 1980. (conto)
_____. *10 contos escolhidos*. Brasília: Horizonte/INL, 1983. (conto)
_____. *O sobrevivente*. São Paulo: Global, 1984. (Múltipla). (conto)
_____. *Os amantes iluminados*. Rio de Janeiro: Rocco, 1988; 2. ed. 2001. (conto)
_____. Los inventores están vivos. ANUARIO Brasileño de Estudios Hispánicos. Trad. J. J. Degasperi. São Paulo: Abeh, 1991, p. 256-265.
_____. *Os melhores contos*. Sel. Bella Josef. Dir. Edla van Steen. São Paulo: Global: 1998; 2. ed. 2001. (Melhores Contos, 24). (conto)

#### JUVENIS

RAMOS, Ricardo. *Desculpe a nossa falha*. São Paulo: Scipione, 1987; 14. ed. 2011. (Diálogo). (novela)

_____. *Pelo amor de Adriana*. São Paulo: Scipione, 1988; 5. ed. 2002. (Diálogo). (novela)
_____. *O rapto de Sabino*. São Paulo: Scipione, 1992; 3. ed. 2003. (Diálogo). (novela)
_____. *Estação primeira*. São Paulo: Scipione, 1996. (Diálogo); 2. ed. 2006. (O Prazer da Prosa). (conto)
_____. *Entre a seca e a garoa*. São Paulo: Ática, 1997 (Rosa dos Ventos); 2. ed. 2011. (Boa Prosa). (conto)

### ENSAIOS E MEMÓRIA

RAMOS, Ricardo. *Do reclame à comunicação: pequena história da propaganda no Brasil*. São Paulo: Anuário Brasileiro de Propaganda 70-1/Publinform, 1970; 2. ed. São Paulo: Escola de Comunicações e Artes/USP, 1972; 3. ed. São Paulo: Atual, 1985; 4. ed. 1987. (ensaio)
_____. *Contato imediato com propaganda*. Dir. Julieta de Godoy Ladeira. São Paulo: Global, 1987; 4. ed. 1998. (Contato Imediato). (ensaio)
_____. *Graciliano: retrato fragmentado*. São Paulo: Siciliano, 1992; 2. ed. São Paulo: Globo, 2011. (memória)
_____; MARCONDES, P. *200 anos de propaganda no Brasil: do reclame ao cyber--anúncio*. São Paulo: *Meio & Mensagem*, 1995. (ensaio)
_____; (Org.). *100 anos de propaganda no Brasil*. São Paulo: Abril, 1980. (ensaio)

### ARTIGOS, RESENHAS, PREFÁCIOS E OUTROS

RAMOS, Ricardo. "A paisagem interior de Osman Lins". *O Estado de S. Paulo*, Sao Paulo, 7 abr. 1965.
_____. "Nove, novena". *O Estado de S. Paulo*, Sao Paulo, 8 maio 1967. Supl. Literário.
_____. *Jornal de Letras*, Rio de Janeiro, jul. 1967. (sobre Jorge Amado)
_____. "Realismo, em sinal de respeito à criança". *IstoÉ*. São Paulo, n. 32, 3 ago. 1977, p. 40-41.
_____. "A literatura como ato de amor". *O Estado de S. Paulo*, São Paulo, 18 set. 1981. (sobre Lygia Fagundes Telles)

_____. "Lembrança de Graciliano". In: GARBUGLIO, J. C. et al. *Graciliano Ramos*. São Paulo: Ática, 1987.
_____. Prefácio. In: ANTÔNIO, João. *Zicartola e que tudo o mais vá pro inferno!* São Paulo: Scipione, 1991.

### EDIÇÕES ESPECIAIS NÃO COMERCIALIZADAS (CONTOS, POEMAS E ENSAIOS)

RAMOS, Ricardo (Org.). *Criança brinca, não brinca?* Ilust. P. Deane. São Paulo: Cultura/Rhodia, 1979. (conto)
_____. *Dinheiro não traz felicidade?* Ilust. A. Martins. São Paulo: LR/Banco Lar Chase, 1980. (conto)
_____. *O livro das festas*. Ilust. D. Penteado. São Paulo: LR/Banco Lar Chase, 1981. (conto)
_____. *Pelo telefone*. Fotos M. Scavone. São Paulo: LR/Telesp, 1981. (conto)
_____. *Contos alagoanos de hoje*. Ilust. P. Chalita. São Paulo: LR; Maceió: Sindicato da Indústria do Açúcar (AL), 1982. (conto)
_____. *Jeca Tatu e a propaganda brasileira*. São Paulo: LR/CBBA, 1982. (ensaio)
_____. *Os sonetos*. Ilust. P. Deane. São Paulo: LR/Banco Lar Chase, 1982. (poema)
_____. *Contos dos verdes anos*. Ilust. O. S. Toscano. LR/Banco Lar Chase, 1983. (conto)
_____. *Um estilo brasileiro de propaganda – "Diga Azul Reckitt para alvejar roupas"*. São Paulo: LR/CBBA, 1983. (ensaio)
_____. *Racconti brasiliani/Contos brasileiros*. Trad. A. Salmoni. São Paulo: Instituto Italiano di Cultura/Instituto Cultural Ítalo-Brasileiro, 1984. (conto)
_____. *Natal brasileiro*. Ilust. A. P. Oliveira Neto e outros. São Paulo: Relevo Araújo, 1989. (conto)

### SOBRE A OBRA

**LIVROS COMPLETOS**

PINTO, A. J. A. *Literatura descalça: a narrativa para jovens de Ricardo Ramos*. São Paulo: Arte e Ciência; Assis/SP: Anep, 1999.

_____. *A crônica de Ricardo Ramos*. Garça/SP: Ed. FAEF; Assis/SP: Anep, 2006.
_____. (Org.) *Ricardo Ramos: mestre do silêncio*. São Paulo: Arte e Ciência, 2010.

CAPÍTULOS DE LIVROS, PREFÁCIO E ENTREVISTA

ADONIAS FILHO. "Um livro de contos". In: _____. *Modernos ficcionistas brasileiros*. Rio de Janeiro: O Cruzeiro, 1958, p. 135-141.
BOSI, A. (Org.). Ricardo Ramos. In: _____. *O conto brasileiro contemporâneo*. São Paulo: Cultrix, Edusp, 1975.
GARBUGLIO, J. C. "Ricardo Ramos, o sobrevivente". In: RAMOS, Ricardo. *O sobrevivente*. São Paulo: Global, 1984, p. 7-12. (prefácio)
GUINSBURG, J. "A caminho de si". In: _____. *Motivos*. São Paulo: Conselho Estadual de Cultura, 1964, p. 77-83.
LADEIRA, J. G. "Reflexões fragmentadas sobre Ricardo Ramos". In: _____. *O desafio de criar*. São Paulo: Global, 1995.
MICHELETTI, Guaraciaba. "O discurso citado na narrativa ficcional [...] 3. Discurso citado, constituição de sentidos e expressividade". In: _____. (Org.). *Enunciação e gêneros discursivos*. São Paulo: Cortez, 2008, p. 55-63.
PAES, J. P. "Literatura descalça". In: _____. *A aventura literária: ensaios sobre ficção e ficções*. São Paulo: Companhia das Letras, 1990, p. 125-129.
PINTO, A. J. A. "Em busca do avesso: 'A noite do travesseiro', de Ricardo Ramos". In: PEREIRA, Rony Farto; BENITES, Sonia Aparecida Lopes. (Orgs.). *À roda da leitura: língua e literatura no jornal* Proleitura. São Paulo: Cultura Acadêmica; Assis/SP: Anep, 2004, p. 147-151.
_____. "A representação crítica do cotidiano na crônica 'O passarinho na vidraça', de Ricardo Ramos". In: PINTO, A. J. A.; ALVES, Fábio L. (Orgs.). *Representações sociais em comunicação: fragmentos de história em histórias*. Sao Paulo: Editora Arte e Ciência, 2007, p. 139-162.
_____. "A opção pelo não utilitário". In: CECCANTINI, J. L.; PEREIRA, Rony Farto. (Orgs.). *Narrativas juvenis: outros modos de ler*. São Paulo: Ed. Unesp; Assis/SP: Anep, 2008, p. 123-147.
_____. "Falando grosso e pisando duro: a recepção crítica de *Tempo de espera* em periódicos". In: PINTO, A. J. A.; GOMES, L. E. Wick. (Orgs.). *Ver e entrever a comunicação: sociedade, mídia e cultura*. São Paulo: Arte e Ciência, 2008, p. 155-180.

_____. "A opinião na mídia impressa contemporânea: a crônica de Ricardo Ramos e a percepção crítica da realidade". In: PINTO, A. J. A.; SOUZA, S. R. de. (Orgs.). *Opinião na mídia contemporânea*. São Paulo: Arte e Ciência, 2009, p. 151-166.

_____. "Literatura e comunicação: as 'Nordestinas' na capital". In: PINTO, A. J. de A.; SOUZA, S. R. de (Org). *Arte e comunicação em um mundo fungível*. São Paulo: Arte e Ciência, 2011, p. 63-81.

PÓLVORA, H. "Ricardo Ramos". In: _____. *A força da ficção*. Petrópolis: Vozes, 1971, p. 28-32.

RICCIARDI, G. "Ricardo Ramos". In: _____. *Escrever: origem, manutenção, ideologia*. Bari: Libreria Universitaria, 1988.

TATI, M. *"Terno de Reis"*. In: _____. *Estudos e notas críticas*. Rio de Janeiro: Instituto Nacional do Livro, 1958, p. 14-16.

TORRES, A. "Tirando o pai de letra". In: _____. *Sobre pessoas*. Belo Horizonte: Leitura, 2007.

VAN STEEN, E. "Ricardo Ramos". In: _____. *Viver & escrever* 1. 2. ed. rev. e aum. Porto Alegre: L&PM, 2008, p. 47-60. 3 v. (L&PM Pocket, 707). (entrevista)

## CITAÇÕES EM OBRAS DE REFERÊNCIA

ABREU, A. A. DE; PAULA, C. J. DE (Orgs.). *Dicionário histórico-biográfico da propaganda no Brasil*. Rio de Janeiro: FGV/ABP, 2007. p. 209.

BOSI, A. *História concisa da literatura brasileira*. 3. ed. São Paulo: Cultrix, 1989. p. 437; 476.

CASTELO BRANCO, R.; LIMA MARTENSEN, R.; REIS, F. H*istória da propaganda no Brasil*. São Paulo: T. A. Queiroz/Ibraco, 1990.

COUTINHO, A. *A literatura no Brasil*. 3. ed. Rio de Janeiro: José Olympio, 1986. v. 6. p. 286-287.

COUTINHO, A.; SOUZA, J. G. *Enciclopédia de literatura brasileira*. Rio de Janeiro: FAE, 1989. v. 2. p. 1122.

MARCONDES, P. *Uma história da propaganda brasileira*. 2. ed. São Paulo: Abap, 2005.

MENEZES, R. *Dicionário literário ilustrado*. 2. ed. Rio de Janeiro: LTC, 1978. p. 563.

RAMOS, Ricardo. "Videoclipe de nossas raízes". In: GRACIOSO, F.; WHITAKER PENTEADO FILHO, J. R. *50 anos de vida e propaganda brasileira*. 2. ed. São Paulo: ESPM, 2006.

VARÓN CADENA, N. *Brasil: 100 anos de propaganda*. São Paulo: Referência, 2001.

## ARTIGOS PUBLICADOS EM REVISTAS E OUTROS PERIÓDICOS

### REVISTAS

AVELIMA, L. "Ricardo, um ser iluminado". *Linguagem Viva* (UBE), São Paulo, ano III, v. 32, p. 1, abr. 1992.

BREGANTINI, D. "Guia Cult de livros: Graciliano real". *Cult*, São Paulo: Bregantini, ano 14, n. 164, p. 47, dez. 2011.

CASTELO, J. A. "A afirmação de um contista". *Anhembi* (São Paulo) p. 120-122, dez. 1957.

DÉCIO, J. "Os desertos". *Alfa* (São Paulo) DF/FFCL, p. 121-124, 1962.

IVAN CLÁUDIO. "Em casa com Graciliano". *IstoÉ*, São Paulo: Ed. Três, n. 2196, 9 dez. 2011.

JOSEF, B. "Ricardo Ramos: os amantes iluminados". *Colóquio/Letras* (Lisboa), p. 275, jul.-dez. 1991.

PINTO, A. J. A. "O modo de representação da realidade em *Pelo amor de Adriana*, de Ricardo Ramos". *Leitura. Teoria & Prática* (Campinas), São Paulo, v. 28, p. 28-34, 1996.

_____. "A humanização do espaço em *Desculpe a nossa falha*". *Revista Científica Eletrônica de Pedagogia*, Garça/SP, v. 3, 2004.

_____. "A crônica no contexto da *Folha da Tarde*: tradição vincada pelas pulsações urbanas". *Comunicação. Veredas* (Unimar), v. 1, p. 337-345, 2005.

_____; SILVA, Eleusa Ferreira da. "Traços de estilo de Ricardo Ramos e a (in)conveniência da crítica sobre *Torno de Reis*, de 1957". *Revista Ecos* (Cáceres), v. 7, p. 21-29, 2008.

_____. "'Trivial variado', de Ricardo Ramos: proposição afirmativa e negativa do múltiplo no corriqueiro". *Revista Alere/ Programa de Pós-graduação em Estudos Literários* – PPGEL, ano 4, v. 4, n. 4, p. 179-197, dez. 2011.

RAMOS FILHO, R.; GOMES, M. "A reconstrução de um retrato fragmentado". *Metáfora – literatura e cultura*, São Paulo: Segmento, ano 1, n. 4, p. 44-47, jan. 2012.

RIBEIRO, L. G. "Prosa aberta". *Veja*, São Paulo: Abril, n. 226, p. 56-57, 3 jan. 1973.

JORNAIS

ALMEIDA, H. "Diálogo é sempre bom. E faz falta". *O Estado de S. Paulo*, São Paulo, 6 set. 1987. Caderno 2.

ALVAREZ, R. V. "Literatura infantojuvenil". *Jornal das Letras*, abr. 1988. Segundo Caderno.

ANTÔNIO, J. "O mestre do silêncio". *Jornal do Brasil, Rio de Janeiro*. 10 abr. 1992.

AQUINO, M. "Para entender o velho Graça". *Jornal da Tarde*, 31 out. 1992. Caderno de Sábado, p. 5.

ATHAYDE, T. "Um mestre do silêncio". *Jornal do Brasil*, Rio de Janeiro, 1968.

BELINKY, T. "Fernando Sabino, Fernando Portela, Ricardo Ramos: qualidade para jovens". *Jornal da Tarde*, 12 set. 1987.

BRAIT, B. "Ramos (e seu mais recente exílio no presente)". *O Estado de S. Paulo*, São Paulo, 3 dez. 1977, p. 18.

BRITO, O. L. "Livros: 4 romances brasileiros e um inglês". *O Diário*, São Paulo, 2 set. 1987.

CARVALHAL, T. "Ricardo retratou a multiplicidade do pai". *Zero Hora*, 9 dez. 1992. Segundo Caderno, p. 3.

CICCACIO, A. M. "Morre o escritor Ricardo Ramos". *Jornal da Tarde*, São Paulo, 21 mar. 1992. Variedades, p. 18.

_____. "Ricardo Ramos, biógrafo do pai". *Jornal da Tarde*, São Paulo, 1º out. 1992. Variedades, p. 22.

"DIÁLOGOS para o leitor jovem". *O Globo*, Rio de Janeiro, 28 set. 1987. Segundo Caderno, p. 2.

DONATO, H. "Despedida". *Jornal de Itabuna*. 20 abr. 1992, p.16.

"ESCRITOR Ricardo Ramos morre aos 63". *Folha da Tarde*, 21 mar. 1992.

FISCHER, A. "Um mestre do conto". *O Estado de S. Paulo*, São Paulo, 2 jul. 1978. Suplemento Cultural, p. 9.

GONÇALO JÚNIOR. "Graciliano completo e inesquecível". *Valor*, São Paulo, 23-25 dez. 2012, p. 31.

GUERRA, G. "Ricardo Ramos". *Jornal da Bahia*, 1º abr. 1992.

GUIMARÃES, T. "Bilhete a Ricardo Ramos". *Folha da Tarde*, São Paulo, 5 dez. 1977. Folha da Tarde Ilustrada.

HELENO, G. *"Desculpe a nossa falha"*. *Correio Brasiliense*, Brasília, 10 jan. 1988. Caderno Aparte, p. 3.

HENRIQUE, L. "Ah! Aqueles olhares!". *A Tarde*, Bahia, 7 dez. 1992.

HOHLFELDT, A. "A avaliação irônica das falhas do ensino formal". *Diário do Sul*, Porto Alegre, 17 ago. 1987.

_____. "Diálogos variados na busca da imaginação e da fantasia". *Diário do Sul*, Porto Alegre, 21 set. 1987.

KONDER, R. "O silêncio de Ricardo Ramos". *O Estado de S. Paulo*, São Paulo, 8 nov. 1993.

LINHARES, T. "Contistas de hoje". *O Estado de S. Paulo*, São Paulo, 5 out. 1957. Supl. Literário, p. 1.

_____. "Do conto para o romance". *O Estado de S. Paulo*, São Paulo, 15 fev. 1969. Supl. Literário.

MAIA, A. M. "Fantásticas figuras do sonho e da realidade". *A Tarde*, Bahia, 29 nov. 1992. Caderno 2.

MAIA, P. M. "Velho Graça: Biografias que se completam". *A Tarde*, Bahia, 12 dez. 1992. Cultural, p. 9-10.

MARTINS, M. "Uma obra em estado de graça". *Jornal do Brasil*, 24 out. 1992. Idéias/Livros & Ensaios, p. 6-7.

MENGOZZI, F. "Para fazer pensar, mais ficção de Ricardo Ramos". *O Estado de S. Paulo*, São Paulo, 20 ago. 1980. Supl. Literário, p.19.

MOREIRA, M. "Um Ricardo, tantos Ramos". *Meio & Mensagem*, 4 maio 1992. p.5.

"MORRE aos 63 o escritor Ricardo Ramos". *Folha de S.Paulo*, São Paulo, 21 mar. 1992. Ilustrada, p. 4.

PAES, J. P. et al. "Ricardo Ramos visto pelos amigos". *O Escritor* (São Paulo), v. 64. p. 3, abr./mai./jun. 1992.

PILAGALLO, O. "Graciliano – retrato fragmentado". *Folha de S. Paulo*, São Paulo, 17 dez. 2012. Guia Folha – Livros, Discos, Filmes, p. 20.

PRADO, M. "A Bienal e o troféu Calíope". *Diário de Pernambuco*, 10 jul. 1991, p. 4.

RESENDE, O. L. "Inteligência e consumo: onde estão os mestres". *Folha de S. Paulo*, São Paulo, 29 nov. 1992. Ilustrada, p. 6.

_____. "Vidas que, contadas, dão notícia do Brasil". *Folha de S. Paulo*, São Paulo, 6 dez. 1992. Ilustrada, p. 6.

RODRIGUES, M. F. "Carta ao pai". *O Estado de S. Paulo*, São Paulo, 12 nov. 2011. Sabático, p. 2.

SANTOS, H. "Ricardo Ramos". *O Estado de S. Paulo*, São Paulo, 21 mar. 1992. Caderno 2, p. 2.

_____. "Filho mostra as fúrias de Graciliano Ramos". *O Estado de S. Paulo*, São Paulo, 20 out. 1992. Caderno 2, p. 1.

_____. "Adultério em *Vidas secas* provoca polêmica". *O Estado de S. Paulo*, São Paulo, 27 out. 1992. Caderno 2, p. 2.

SILVEIRA, A. "Inovações em um romancista". *O Estado de S.Paulo*, São Paulo, 23 jul. 1960. Supl. Literário.

SOLOMÓNOV, B. "Os contos de Ricardo Ramos". *Revista Brasiliense*, v.21, jan-fev. 1959.

_____. "Caminhos da rua desfeita". *O Estado de S. Paulo*, São Paulo, 21 mar. 1964. Supl. Literário.

SQUEFF, Ê. "Ricardo Ramos em circuito aberto". *O Estado de S. Paulo*, São Paulo, 1º abr. 1973. Supl. Literário.

URBIM, C. "Três dinastias em estado de graça". *Zero Hora*, 10 dez. 1992. Segundo Caderno, p. 6.

VANDERLEI, R. "Ricardo Ramos, escritor, jornalista e professor: a trajetória intelectual do filho de Graciliano". *Gazeta de Alagoas*, 22 mar. 1992. Supl. Especial, p. b-11.

VIANA, V. A. "Sem mediações". *Leia*, v. 108, p. 66, out. 1987.

_____. "Diálogo com Ricardo Ramos". *Afinal*, 27 out. 1987.

XISTO, F. "Série especial para atingir o público jovem". *Correio da Bahia*, 2 out. 1987. p. 3.

## DISSERTAÇÕES E TESE

GOMES, M. A. de J. *Os contos ricardianos e a questão da identidade*. 2001. 106f. Dissertação (Mestrado em Comunicação e Letras), IPM (Instituto Presbiteriano Mackenzie), São Paulo, 2001.

PINTO, A. J. A. *A literatura "juvenil" de Ricardo Ramos: sedução e fruição estética*. 1996. 191f. Dissertação (Mestrado em Letras). Faculdade de Ciências e Letras, Unesp (Universidade Estadual Paulista), Assis, 1996.

_____. *Elevado ao "rés-do-chão": tensão crítica nas crônicas de Ricardo Ramos (Folha da Tarde 1984-1986)*. 2004. 514f. Tese (Doutorado em Letras). Faculdade de Ciências e Letras, Unesp (Universidade Estadual Paulista), Assis, 2004. 2 vol.

# CRONOLOGIA*

**1929** — 4 de janeiro: nasce Ricardo de Medeiros Ramos, em Palmeira dos Índios (Alagoas), quinto filho do escritor Graciliano Ramos e primeiro de Heloísa de Medeiros Ramos (os quatro primeiros irmãos de Ricardo — Márcio, Júnio, Múcio e Maria Augusta — são filhos de Maria Augusta, esposa falecida do pai).
8 de janeiro: Graciliano envia ao governador do estado o famoso relatório de prestação de contas do município do qual era prefeito desde janeiro de 1928 e que o tornaria conhecido no mundo das letras da época.

**1930** — 22 de janeiro: nasce Roberto, o segundo filho do casal, em Palmeira dos Índios, que morre poucos meses depois em Maceió.
10 de abril: Graciliano renuncia ao mandato de prefeito de Palmeira dos Índios e se muda com a família, em maio, para Maceió. Ricardo passa, pois, poucos meses de vida na sua cidade natal.
31 de maio: Graciliano é nomeado diretor da Imprensa Oficial de Alagoas; em novembro, Getúlio Vargas é empossado presidente do Brasil — começa a Segunda República.

**1931** — 19 de fevereiro: nasce Luiza, a terceira filha do casal, em Maceió.
29 de dezembro: Graciliano demite-se do cargo de diretor da Imprensa Oficial de Alagoas.

**1932** — 9 de novembro: nasce Clara, a quarta filha do casal, em Maceió.

**1933** — 18 de janeiro: Graciliano é nomeado diretor da Instrução Pública de Alagoas, cargo equivalente a secretário estadual de Educação; nesse ano, publica seu primeiro livro, o romance *Caetés*.

**1934** — 18 de novembro: morre Sebastião Ramos de Oliveira, avô paterno de Ricardo, em Palmeira dos Índios; Graciliano publica seu segundo livro, o romance *São Bernardo*.

---

* Consultamos os familiares do autor e os originais e documentos do Acervo de Ricardo Ramos sob a responsabilidade da Unemat (Universidade do Estado de Mato Grosso), campus regional de Alto Araguaia.

**1935** — Na sua primeira infância, em uma Maceió que intensifica sua vida cultural, Ricardo vive num ambiente de escritores. Entre outros, José Lins do Rego, Rachel de Queiroz, Jorge Amado, Aurélio Buarque de Holanda e Valdemar Cavalcanti.
27 de novembro: acontece a Intentona Comunista.

**1936** — 3 de março: inesperadamente, Graciliano é preso em Maceió por motivos políticos, sem acusação formal, e levado para o Rio de Janeiro. Tal fato desorganiza a vida da família do escritor. Heloísa parte para o Rio com as duas filhas menores, na luta por tirar Graciliano da prisão. Ricardo permanece em Maceió e vai residir com o avô materno, Américo de Medeiros, e a tia, Helena de Medeiros, irmã de Heloísa. Inicia sua educação formal, ficando em Maceió até concluir o antigo ginásio, em colégio de irmãos maristas.
agosto: Graciliano, da prisão, consegue publicar seu terceiro livro, o romance *Angústia*.

**1937** — 3 de janeiro: Graciliano é libertado no Rio de Janeiro; colabora em revistas e jornais da capital fluminense, vivendo com Heloísa e as meninas num quarto de pensão. Publica capítulos avulsos do que viria a ser seu quarto romance, *Vidas secas*, na imprensa do Rio.
10 de novembro: Golpe de Estado por Getúlio Vargas, apoiado pelos militares; inicia-se o Estado Novo.

**1938** — Graciliano publica seu quarto livro, o romance *Vidas secas*; a Ação Integralista Brasileira é posta na ilegalidade.

**1939** — agosto: Graciliano é nomeado inspetor federal de ensino secundário do Rio de Janeiro; publica *A terra dos meninos pelados*, seu primeiro livro infantil.
Início da 2ª Guerra Mundial.

**1941** — Em viagem de férias ao Rio de Janeiro, Ricardo, então com doze anos, encontra-se com o pai pela primeira vez desde que Graciliano tinha sido preso.

**1943** — Ricardo deixa Maceió e parte para o Rio de Janeiro, aos catorze anos de idade, onde volta a conviver com seus pais.

1944 — Aos quinze anos, no dia de seu aniversário, inicia como jornalista na Meridional (de Carlos Lacerda), agência noticiosa dos Diários Associados (de Assis Chateaubriand). Nessa época, já esboça alguns contos, que publicará mais tarde avulsamente em revistas e suplementos literários. Inicia também sua atividade política no movimento estudantil.

1945 — Volta a viver num ambiente intensamente intelectual, como, por exemplo, as animadas feijoadas dominicais promovidas por Graciliano e Heloísa. Aos alagoanos Marina e Aurélio Buarque de Holanda, Ledo Ivo e Breno Accioly, juntavam-se Helena e Otto Maria Carpeaux, Maria e Cândido Portinari, Nora e Paulo Rónai, Beatrix Reinal e Oswaldo Goeldi, Alex Leskoschek. Conhece Raymundo Araújo, irmão de Marise Ramos e futuro cunhado, e Sílvio Borba, relações de partido de Graciliano, futuros colegas de faculdade; a eles se juntariam mais tarde o advogado Paulo Mercadante e o médico Reginaldo Guimarães, amigos da toda a vida de Ricardo.
6 de agosto: a primeira bomba atômica é lançada em Hiroshima, no Japão.
9 de agosto: a segunda bomba atômica é lançada sobre Nagasaki, no Japão. Final da 2ª Guerra Mundial.
29 de outubro: Getúlio Vargas é deposto; um governo provisório convoca eleições.

1946 — Também nessa fase acelera a leitura dos autores franceses, depois os russos, trocando leituras e longas conversas literárias com Graciliano. Escreve alguns poemas — ainda hoje inéditos — dirigidos a Marise Ramos, sua namorada na época. Com as indicações "Subversos (até 1947, impreterivelmente)" e sob o título *As mais piores flores...*, Ricardo reúne 22 poemas com dedicatória àquela que viria a ser sua esposa. Aos dezessete anos, é preso pela primeira vez ao fim de uma agitada noite de reinvindicações estudantis.
31 de janeiro: o general Eurico Gaspar Dutra é o novo presidente do Brasil; rompe relações diplomáticas com a URSS e põe o PCB na ilegalidade.

1947 — Ingressa na Faculdade de Direito da Universidade de Guanabara, do Rio de Janeiro.

1948 — Com dezenove anos, após ter sido afastado por problemas de saúde do jornal onde trabalhava, escreve alguns contos para publicação. Seu primeiro conto publicado avulsamente, segundo lista manuscrita do próprio Ricardo Ramos, contida em seu acervo, teria sido "Um caminho no asfalto", publicado na 2ª Seção do jornal *Correio da Manhã*, do Rio de Janeiro, edição do dia 27 de junho de 1948.

**1949** — Intensifica a publicação desses primeiros contos em periódicos. São mais de quarenta antes da publicação de seu primeiro livro.
1º de outubro: Fundação da República Popular da China.

**1950** — Serve um ano no Exército.

**1951** — Forma-se em direito pela Faculdade de Direito da Universidade de Guanabara, do Rio de Janeiro, mas não chega a advogar. Passa a se dedicar à propaganda. Inicia na agência J. Walter Thompson com Orígenes Lessa, chefe de redação, incentivado pelo pai Graciliano, que também diz ao filho para procurar Emil Farhat, na McCann Erickson Publicidade.
31 de janeiro: Getúlio Vargas toma posse como presidente eleito.

**1953** — 14 de março: casa-se com Marise Ramos.
20 de março: morre Graciliano Ramos no Rio de Janeiro, de câncer no pulmão.
Alguns críticos de jornais do Rio de Janeiro começam a noticiar a publicação do seu livro de estreia, *Tempo de espera*. Entre eles, Otto Schneider, que em sua coluna "Livros" ressalta, entre outras coisas, o fato de alguns dos contos já terem sido publicados anteriormente em suplementos literários e revistas e terem sido selecionados pelo autor por tema.
Wilson Martins publica artigo no qual levanta dúvidas sobre a autenticidade de *Memórias do cárcere*, livro de Graciliano publicado por Ricardo e Heloísa seis meses após sua morte. Segundo o crítico, o texto publicado diferia dos manuscritos que também faziam parte da edição. Ricardo esclarece que no processo de criação de Graciliano existiria um primeiro texto manuscrito, emendado uma ou mais vezes, que daria origem a um segundo manuscrito, que serviria de base para o original datilografado, esse sim entregue para o cofre da editora e considerado definitivo pelo autor.

**1954** — 4 de janeiro: nasce seu primeiro filho, Ricardo de Medeiros Ramos Filho.

Publica seu livro de estreia, *Tempo de espera*. A obra reúne doze contos e é bem recebida pela crítica da época. Chegam a ele muitas cartas de felicitação e de acolhimento pelo ingresso às letras. Carlos Drummond de Andrade, em correspondência datada de 11 de dezembro de 1954, cumprimenta o novo escritor e esboça uma crítica elogiosa ao texto do estreante: "Seus contos trazem a marca do talento literário, são vivos, contem nuanças de sentimento e notas descritivas que despertam a simpatia do leitor. É uma bela estreia, a sua. O abraço cordial e a admiração de Carlos Drummond de Andrade".
24 de agosto: suicídio de Getúlio Vargas.

1955 — 13 de outubro: nasce seu segundo filho, Rogério de Araújo Ramos. Mantém-se a boa recepção crítica a *Tempo de espera*. Ricardo Ramos começa a aparecer ao lado de grandes intelectuais e contistas da época.

1956 — Assume a chefia de redação da Standard carioca e, no mesmo ano, transfere-se para a Standard paulista, mudando para São Paulo.
Passa a exercer uma atividade crítica mais intensa. Publica alguns textos no periódico *Para Todos*, discorrendo sobre os lançamentos da época. Começa também a ser convidado para participar de antologias fora do país.
janeiro: Juscelino Kubitschek toma posse como presidente do Brasil.

1957 — A atividade crítica de Ricardo Ramos intensifica-se. Continua contribuindo para o periódico *Para Todos*, assina coluna denominada "Estante", em *A Gazeta*, de São Paulo, seleciona e realiza notas críticas introdutórias para contos publicados em antologia do *Jornal do Brasil*, do Rio de Janeiro. Por essa época, confirma-se igualmente a sua efetiva atuação como editor. Publica o segundo livro de contos, *Terno de Reis*, pela José Olympio, e é distinguido com o prêmio da Prefeitura de São Paulo (jornalismo). Dos doze contos selecionados para *Terno de Reis*, Ricardo Ramos novamente mescla alguns textos inéditos a outros já publicados anteriormente em periódicos.

1958 — A recepção crítica positiva a *Terno de Reis* continua sendo destaque. O livro é citado pelo jornal *O Globo* entre os melhores classificados em lista de *best-sellers* nacionais da segunda quinzena de fevereiro de 1958. Da mesma forma, o *Jornal de Letras*, em pesquisa feita com intelectuais em janeiro de 1958 sobre os melhores do ano anterior, aponta Ricardo Ramos como um dos destaques. Pelo livro, Ricardo Ramos também recebe, da Secretaria da Educação e Cultura da Prefeitura de São Paulo, o prêmio Câmara Municipal de São Paulo. O segundo colocado no evento é Osman Lins, com o livro de contos *Os gestos,* e Luiz Lopes Coelho recebe menção honrosa por *A morte no envelope*. Nesse mesmo ano, foi júri do prêmio Edgard Cavalheiro, que teve como vencedor o ficcionista João Antonio, com o conto "Natal na cafua".

**1959** — Conquista cada vez mais seu espaço na literatura, seja como ficcionista, seja como jornalista, crítico ou editor. Participa do volume *Maravilhas do conto moderno brasileiro,* editado pela Cultrix. No final desse ano, publica a novela *Os caminhantes de Santa Luzia* na coleção Novela Brasileira, organizada pela editora Difusão Europeia do Livro, de São Paulo. Mantém sua participação ativa no periódico *Última Hora,* dirigindo e contribuindo com a coluna "Literatura e arte". É convidado a opinar sobre atividades culturais e concursos; divulgar lançamentos e revistas da área; participar de múltiplos eventos e receber homenagens, como a Medalha Anchieta, comemorativa ao quarto centenário da chegada do padre José de Anchieta ao Brasil. Além disso, recebe obras completas já publicadas e textos ainda inéditos para avaliação e divulgação.

**1960** — 21 de abril: o presidente Juscelino Kubitschek inaugura Brasília, a nova capital do país.
Recebe da Câmara Brasileira do Livro o Jabuti, pela novela *Os caminhantes de Santa Luzia*. O prêmio coloca sua produção ficcional ainda mais em evidência.
Chefia, desde fins dos anos 1950, o grupo de contas da Thompson paulista, passando da redação para o atendimento publicitário. Pede demissão para ingressar no departamento de planejamento e contatos da P. A. Nascimento Acar. O contrato com a nova agência, porém, não dura muito. Em setembro desse mesmo ano, encaminha carta com pedido de demissão, alegando inadaptação ao sistema de trabalho.
Começa a ser anunciada a sua próxima publicação: o livro de contos *Os desertos*.

**1961** — Nos primeiros anos dos anos 1960, Ricardo integra a equipe da Multi Propaganda, tida como uma das mais brilhantes da criação brasileira: Jorge Medauar, Sérgio Andrade, Benedito Ruy Barbosa (o novelista) e José Bonifácio de Oliveira Sobrinho, o Boni, passaram por lá.

Seu livro de contos *Os desertos* é editado pela Melhoramentos e citado na coluna de José Condé, "Escritores e livros", do *Correio da Manhã*, entre os melhores nesse ano.
janeiro: Jânio Quadros assume como presidente do país.
25 de agosto: pressionado politicamente, Jânio renuncia e João Goulart, o vice, assume a presidência até 1964.

1962 — *Os desertos* recebe o prêmio Jabuti, da Câmara Brasileira do Livro, e o prêmio Afonso Arinos, da Academia Brasileira de Letras — biênio 1960/61. Também é distinguido com o prêmio da Câmara Municipal de São Paulo (jornalismo).

1963 — Ricardo publica novo livro de contos, *Rua desfeita*, por José Álvaro Editor.

1964 — 31 de março: golpe militar tira o presidente, João Goulart, do governo; o marechal Castello Branco assume o governo.
2 de maio: nasce Mariana de Araújo Ramos, a terceira dos três filhos de Ricardo Ramos.
dezembro: Ricardo volta a residir no Rio de Janeiro com sua família, experimentando uma vez mais na profissão, dessa vez na área de clientes, como gerente de *marketing* da agência Sidney Ross. Depois dessa experiência, retorna à *house agency* da Colgate-Palmolive de São Paulo, em 1965.

1966 — Ocupa o cargo de primeiro-secretário da Associação Brasileira de Agências de Propaganda (Abap, mais tarde Associação Brasileira de Agências de Publicidade). Admitido na McCann Erickson Publicidade de São Paulo.

1967 — Ocupa uma vez mais o primeiro-secretariado da Abap.
O marechal Costa e Silva assume o segundo governo da ditadura.

1968 — Depois de publicar uma novela, e principalmente contos, publica seu primeiro romance, *Memória de setembro*, pela editora José Olympio.
13 de dezembro: entra em vigor o Ato Institucional Número 5, o AI-5, que tirava todas as garantias políticas dos cidadãos da nação. Foi revogado em 31 de dezembro de 1978.
O general Emílio Garrastazu Médici assume o terceiro governo da ditadura.

**1969** — Assume o cargo de subgerente da McCann Erickson, integrando seu Comitê de Operações, com a saída de Emil Farhat da presidência da agência.

**1970** — O livro de contos *Matar um homem* é publicado pela editora Martins e apontado entre os melhores do ano. *Memória de setembro* recebe o prêmio Coelho Neto, da Academia Brasileira de Letras, referente ao biênio 1967/68.

**1971** — Em jantar realizado no Edifício Itália, recebe mais um prêmio Jabuti, da Câmara Brasileira do Livro, pela obra *Matar um homem* e o prêmio Guimarães Rosa, no IV Concurso Nacional de Contos do Paraná — Fundepar — Governo do Estado do Paraná, pelo conjunto de obra de contista.

**1972** — Publica *Circuito fechado*, coletânea de contos pela editora Martins; essa obra marca uma renovação de estilo nos contos de Ricardo.

**1973** — Em artigo publicado na primeira semana do ano, Leo Gilson Ribeiro, crítico literário da revista *Veja*, destaca *Circuito fechado* como um dos dez livros mais importantes editados em 1972 no Brasil.

**1974** — Em função de seu reconhecimento como profissional da área de comunicação, crítico e ficcionista na época, continua sendo convidado para participar de antologias de contos e outros projetos culturais, além de eventos na área de comunicação e *marketing*.
*As fúrias invisíveis*, romance lançado nesse ano pela Martins, recebe o prêmio de ficção do ano da Associação Paulista dos Críticos de Artes.
O general Ernesto Geisel assume o quarto governo da ditadura.

**1975** — Ricardo Ramos, diretor de planejamento, Francisco Gracioso, gerente-geral, e Geraldo Tassinari, diretor de mídia, funcionários da McCann Erickson, associam-se e fundam a Tempo de Publicidade.
Nesse período, que se estenderá pelos próximos quatro anos, Ricardo Ramos inicia sua atividade docente, primeiramente como professor de redação e criação da Faculdade de Comunicação Social Anhembi-Morumbi, depois como professor de história da propaganda na Escola de Comunicação da Fundação Cásper Líbero.
A Revista *Status* lança número extra dedicado à literatura latino-americana. Dos vinte contos selecionados, sete são de escritores brasileiros:

Ricardo Ramos, Rubem Fonseca, José J. Veiga, Sérgio Sant'Anna, Dalton Trevisan, Roberto Drummond e Nélida Piñon. Participam também escritores como Julio Cotázar, Jorge Luis Borges, Alejo Carpentier, Vargas Llosa e Carlos Fuentes, entre outros.

1976 — 1º de setembro: em reunião, por unanimidade, Ricardo Ramos é eleito o mais novo imortal da Academia Alagoana de Letras.

1977 — 11 de fevereiro: toma posse na Academia Alagoana de Letras em solenidade prestigiada por grandes nomes da literatura brasileira, inclusive Jorge Amado. Ocupa a cadeira 10. Nesse mesmo dia, em conjunto com vários intelectuais, assina manifesto contra a censura, que seria entregue ao então ministro da Justiça, Armando Falcão.
Publica pela Record o livro de contos *Toada para surdos*.

1979 — Wilson Martins volta a acusar Ricardo de ter feito modificações nos originais de *Memórias do cárcere*. Ricardo diz que a ele tocara unicamente escrever o posfácio, e a viúva de Graciliano, Heloísa Ramos, uma vez mais confirma a autenticidade do texto.
Cria com Pedro Herz e Gilberto Mansur, em São Paulo, a HRM Editores Associados, com o nome fantasia de Livraria Cultura Editora, dedicada a divulgar os grandes nomes da literatura brasileira. É o começo da parceria com o filho, Rogério Ramos, na atividade editorial.
É criado o Museu de Literatura de São Paulo, que se instala primeiramente na Casa Guilherme de Almeida, depois na Casa Mário de Andrade. Ricardo é seu organizador e o primeiro diretor.
O general João Baptista Figueiredo assume o quinto e último governo militar da ditadura.

1980 — Sai da sociedade da Livraria Cultura Editora.
Publica pela Nova Fronteira a coletânea de contos *Os inventores estão vivos*.
É eleito sócio honorário do Instituto Histórico e Geográfico de Alagoas.

1981 — Cria com Julieta de Godoy Ladeira, em São Paulo, a LR Editores, dedicada à criação de projetos editoriais exclusivos, como brindes de final de ano a clientes e amigos de empresas diferenciadas. O filho Rogério também participa dessa empreitada editorial.

Nesse ano começa uma parceria sua com Iraty Ramos na Bienal Nestlé de Literatura, que se estenderá até 1991. Ricardo organiza todas as edições da Bienal, indicando as comissões julgadoras dos originais candidatos aos prêmios (Vivina de Assis Viana — infantil/juvenil, José Paulo Paes — poesia, Bella Josef — romance, o próprio Ricardo — conto) e se responsabilizando pela edição dos três primeiros colocados de cada categoria pelas grandes casas editoriais do país.

**1982** — A Tempo de Publicidade é vendida para a agência norte-americana Foote, Cone & Belding. Intensifica sua atuação como professor universitário, agora na Escola Superior de Propaganda e Marketing, a ESPM, onde permanecerá durante todos os anos 1980 e início dos anos 1990. Lá também foi diretor de cursos.
Também nesse período, o dos anos 1980, foi membro do Conselho Estadual de Cultura de São Paulo.
Atua como vice-presidente da União Brasileira de Escritores no biênio 1982-1984.

**1984** — Fim das atividades da LR Editores.
Publica pela Global os contos de *O sobrevivente*.
É novamente o vice-presidente da UBE para o biênio 1984-1986.
O Brasil agita-se na campanha das Diretas Já para presidente da República, fato que só viria a ocorrer em 1989.
11 de outubro: passa a assinar uma coluna semanal de crônicas no extinto jornal *Folha da Tarde*, do grupo Folha (São Paulo).

**1985** — Cria com o filho Rogério o selo RR Editores, dedicado a lançar obras financiadas por autores e empresas. A editora encerra suas atividades no ano 2000.
Repudia projeto de lei de autoria do então deputado federal Freitas Nobre, que solicitava a regulamentação da profissão de escritor no Brasil. Juntamente com outros escritores brasileiros, como Ivan Ângelo, José Paulo Paes, Renata Pallottini, Márcio Souza, Lygia Fagundes Telles, Nélida Piñon e Antonio Soares Amora, vai a Portugal difundir a literatura brasileira. A mãe, Heloísa, o acompanha para ser homenageada como mulher de Graciliano.
15 de março: José Sarney, vice-presidente, é empossado presidente do Brasil, na impossibilidade de Tancredo Neves, doente, presidente eleito

indiretamente pelo Congresso, assumir; tal fato põe fim ao ciclo de militares presidentes da ditadura.
21 de abril: morre Tancredo Neves.

1986 — 17 de julho: encerra sua coluna semanal de crônicas na *Folha da Tarde*.
É eleito presidente da UBE para o biênio 1986-1988.

1987 — Publica sua primeira novela juvenil, *Desculpe a nossa falha*, pela Scipione, sucesso de crítica, na época, e de público, até hoje.

1988 — Publica sua segunda novela juvenil, *Pelo amor de Adriana*, pela Scipione, e seu último livro de contos, *Os amantes iluminados*, pela Rocco. Assina manifesto de apoio às eleições diretas, juntamente com intelectuais e escritores da época.

1989 — Ocupa a cadeira 26 na Academia Paulista de Letras.
Pela primeira vez, desde o fim da ditadura de 1964, ocorrem eleições livres para a escolha do presidente do Brasil.

1990 — março: Fernando Collor de Mello assume como presidente do país.

1991 — Começa a escrever *Graciliano: retrato fragmentado*, sua obra mais pessoal, livro de memórias que resgata e dimensiona para ele mesmo a figura paterna. É seu último trabalho escrito, que finaliza pouco antes de morrer.

1992 — 20 de março: no mesmo dia do mesmo mês em que o pai, Graciliano, morrera 39 anos antes, Ricardo Ramos morre no Hospital São Luís, em São Paulo, às 7h30, vítima de câncer no fígado, com apenas 63 anos. Foi velado na Academia Paulista de Letras e sepultado num sábado, às 10h, no Cemitério Gethsêmani, em São Paulo.
29 de dezembro: envolvido em graves casos de corrupção, Collor renuncia e Itamar Franco, o vice, assume a presidência até 1994.
São publicados postumamente a novela juvenil *O rapto de Sabino*, pela Scipione, e *Graciliano: retrato fragmentado*, pela Siciliano.

ESTE LIVRO, COMPOSTO NAS FONTES FAIRFIELD E
GOUDY OLD STYLE, FOI IMPRESSO EM PAPEL
PÓLEN SOFT 80 G/M NA CROMOSETE,
SÃO PAULO, BRASIL, SETEMBRO DE 2013